世界少年经典文学丛书

奥茨国的故事

[美]鲍姆 著

李薇薇 编译

 中国出版集团 ⬛现代出版社

图书在版编目(CIP)数据

奥茨国的故事／（美）鲍姆（Baum, F.）著；李薇薇编译. —北京：现代出版社，2013.2 （2025.1重印）

ISBN 978 - 7 - 5143 - 1255 - 3

Ⅰ. ①奥… Ⅱ. ①鲍… ②李… Ⅲ. ①童话 – 美国 – 近代 – 缩写 Ⅳ. ①I712.88

中国版本图书馆 CIP 数据核字（2013）第 021180 号

作　者	鲍　姆
责任编辑	刘　刚
出版发行	现代出版社
通讯地址	北京市安定门外安华里 504 号
邮政编码	100011
电　话	010 – 64267325　64245264（传真）
网　址	www.xdcbs.com
电子邮箱	xiandai@cnpitc.com.cn
印　刷	三河市嵩川印刷有限公司
开　本	700mm×1000mm　1/16
印　张	9
版　次	2013 年 2 月第 1 版　2025 年 1 月第 4 次印刷
书　号	ISBN 978 – 7 – 5143 – 1255 – 3
定　价	39.80 元

序 言

孩子是未来的希望，是父母心中的天使，是充满快乐的精灵。小学阶段更是孩子最快乐的时光，是孩子成长发育的黄金阶段。为了让孩子学习更多的课外知识，享受更加丰富的学习乐趣，我们策划了本丛书！

从小让孩子多读课外书，对培养孩子健康的心态和正确的人生观无疑将起着非常重要的作用。自《语文课程标准》公布以来，不少富有敬业精神、有才干的教师，在他们的教学中，担当起阅读教育的重担。他们在严谨的选材中，利用丰富的文学资源，向学生推荐了大量优秀的课外读物，实施了以"练成阅读和作文的熟练技能"为重要内容的阅读教育。大千世界充满了丰富的知识。阅读能丰富小学生的语文知识，增强阅读能力，提高写作水平，开阔视野，增长智慧。阅读本丛书，能够使孩子享受到阅读的快乐，激发起更浓厚的阅读兴趣，孩子的生活将充满新的活力与幸福！本丛书精选了世界名著和中国经典书目中流传最广、影响最大、最脍炙人口的作品，是培养小学生理解能力、记忆能力、创造能力的最佳课外读物。

最后需要指出的是，本丛书把世界上流传甚广的经典童话、寓言等也尽收其中，并将这些文学作品重新编写审订，使作品在不影响原著的基础上更适合少年儿童阅读，在丰富他们课余生活的同时提高语言和文字表达能力。本丛书通过科学简明的体例、丰富精美的图片等有机结合，使小读者不仅能直观地领略作品的精髓，而且还能获得更为广阔的文化视野和愉快体验。希望本丛书能成为孩子生活的一缕阳光照亮孩子前进的道路，能成为一丝雨露滋润孩子纯净的心灵。

编　者

目　录

蒂普做了个南瓜人

在奥茨国北面的吉利金斯国，有一个聪明的小男孩。他有一个很长的名字，只有熟悉他的老太婆莫比知道，他的全名叫蒂普泰跟斯。由于他的全名叫起来繁琐，所以大家都喜欢喊他"蒂普"。

他从很小的时候起，就由这个叫莫比的老太婆抚养，他对自己的父母没有一点印象。可惜这个老太婆的名声一点儿也不好，吉利金斯人都怀疑她会施魔法，因此很怕她。其实莫比并不是个真正的巫婆。因为统治奥茨国这片土地的善巫婆，不允许有其他的女巫存在于她的地盘上。就是莫比很想搞魔法，那也是异想天开的事。

蒂普除了要被莫比指使到森林里捡柴外，还得干一些锄地、碾包谷、喂猪的活，另外，还要给莫比的宝贝四角牛挤奶。

虽然蒂普常被指使干这干那，但他很快乐。因为他被指使到森林里去的时候，可以在那里上树捣蛋，追兔子，或者在小溪里钓鱼，玩够了拣一抱柴带回家就行了。他在包谷地里干活的时候，只要不被莫比看见，或是他有心事时，他就挖一个坑，躺在坑中睡上一觉。长期的劳动使蒂普长得又粗壮又结实。

大家都怕她使用神秘的魔力。但是，蒂普却不怕她，他是个很直率的孩子，从不隐藏自己的感情。他总会做出一些让莫比难堪的事，尽管他应该尊敬她。

莫比在地里种了一些南瓜，成熟了的南瓜金红金红的。这些南瓜是准备冬天喂那头四角牛的。一天，蒂普把南瓜运进牛棚时，他想了个主意，他想用南瓜雕一个人面形的灯笼，吓唬吓唬那个老太婆。蒂普没有玩伴，所以他不知道他们怎么做南瓜人灯笼。可蒂普有自己的主意，而且他认为他这么做一定也会起到非同凡响的作用。他决定做一个有南瓜脑袋的假人，让它站在莫比能看见的地方。他挑了一个又大又好的南瓜开始雕刻起来。一会儿工夫，两只圆眼睛，一个三角形鼻子和一张新月状嘴的灯笼就做好了。那样不但不漂亮，而且还很滑稽，就连他自己看后也不禁笑了起来。

看着那个南瓜人，蒂普笑着对自己说："她将大声尖叫，比猪被揪住尾巴时发出的叫声还大，怕得她全身不住地发抖，哈哈！"

因为莫比到别的村子买杂货去了，至少两天内她不会赶回来，所以，蒂普有充足的时间准备他的小计划。

他来到森林里，用斧子砍了一些又壮又直的树苗，并去掉了上面的枝和叶。他又从一棵大树上剥下一张厚树皮，费了九牛二虎之力，终于把那张树皮做成尺寸合适的圆柱形身子，接着又用木头钉子把边缘钉牢。他心里很高兴，干起活来神采奕奕的，他小心地把四肢连接起来，并把它们钉到身体上去，又用小刀削出人形来。直到夜幕降临了他才完成这个工作，他带着这个木头人急匆匆地往家赶去，家里还有许多工作在等着他做呢。

晚上，借着厨房里的火光，蒂普开始做南瓜人最后的修整工作，他把每个细节都做得一丝不苟，包括连接处的边缘以及看起来还很粗糙的地方，修整完后，他把它立起来，痴痴地看着，心中激动不已，那个南瓜人跟成年人一般高，在蒂普眼里，它是如此完美！

第二天一睡醒，他做的第一件事就是去欣赏他的作品。他发现自己忘了给南瓜人安脖子了，如果这样，南瓜脑袋就安不上去了。于是，他又到森林里去砍了几块木头。回来之后，他在木头人身体的最上端绑了一块木头，在中间挖了个洞，又把一段木头的上端削平，他把小人的脖子插了进去作为脖子，最后，他把南瓜脑袋安上去，并且固定好，做出来的南瓜人可以变换各种造型，简直是一件艺术品。

"太好了，"蒂普高兴地说，"我真是天才，这个南瓜人太逼真了，这回肯定会吓着老太婆的。但是，好像还缺点什么，对了，如果给它穿上衣服，那就更像活人了。"

找衣服可不是容易的事情。蒂普绞尽脑汁，终于想到了莫比的那个放宝贝的箱子，于是他壮起胆子去试了试。他真的在箱子的最底层找到一条紫色的裤子，一件红色的衬衣和有白点的粉色背心。他把衣裤一股脑地给它穿上了，真的活灵活现的，就是衣服大小肥瘦不太合适。他又给南瓜人找了一双长筒袜和一双穿破了的鞋穿上，打扮完之后，蒂普欢呼雀跃起来。

他仔细地端详着那个南瓜人，"它这么漂亮，一定得有个好听的名字。叫它什么好呢？"想了一会儿，他说，"就叫它"杰克"吧"。

奇妙的生命粉

　　把杰克放在哪儿好呢？蒂普思索着，这时，他看到了离房子不远的转弯处，他想，把杰克放在那最合适了。于是，他就开始把杰克往那儿移动。但杰克太重了，他怎么也搬不动。蒂普想了个办法，他让它立着，然后把它的两条腿的关节弄弯了，他从后面推着它，很是吃力。蒂普从来没碰到过这么难办的事情，不过一想到可以捉弄老太婆，他就兴奋起来。

　　"不错，杰克，好样的，走得真不赖！"他一边自言自语，一边喘着大气。这时，他发现杰克的左胳膊掉在了路上，于是返回去找，他又做了一只更结实的木钉，把那只受伤的胳膊重新修了一遍。这时，蒂普又发现杰克的脑袋歪到背后去了，他给纠正了过来。当杰克被立在老莫比回家必经的那个路口转弯处时，它看起来神态若然，就像个模仿到位的吉利金斯农夫——它那副奇怪的样子，足可以吓到任何一个不小心走到它跟前的人。因为距离莫比回家的时间还有一会，蒂普便决定到农舍下面的山谷里去摘栗子吃。

　　没想到，那天正好赶上老莫比比平时回来得早。她去见了一个独自住在山洞里的阴险的巫士，并和他互换了一些重要的魔术秘诀。她得到了一些新的配方、一些魔术粉及一种经过挑拣的有奇特功效的草药。她想早点儿回家试试这些新魔法，所以她加快了回家的脚步。

　　莫比聚精会神地想着自己得到的新魔法，所以并没有注意到转弯处瞥见的杰克是假的，她对它礼貌地说："晚上好，先生。"可是，过了好半天，她才发觉杰克既不会动也不会说话，她又凶狠地瞥了一眼杰克的脸，这才发现，后来它的脑袋是用刀子刻出来的，这是个假人。

　　"嗨！"莫比突然大叫一声，那声音跟猪哼哼似的，"这个小鬼头又在耍什么把戏！真讨厌！这回我非打得他心服口服不可，看他以后还敢不敢耍恶作剧吓唬人了！"她愤怒地举起拐杖朝南瓜脑袋砸去。

　　突然她停住了，那举在空中的拐杖慢慢落了下来。因为她想到了个一个好主意。"哈！现在正是我试验新魔术粉效力的好机会。"她兴奋地自言自语道，"这样我就可以验证那个邪恶的巫士告诉我的秘诀是真的还是假的了。"她放下篮子，在篮子里摸索她刚得到的珍贵的魔术粉。

　　正在莫比摸索她的药粉时，蒂普也回来了，他口袋里装满了采来的栗子。他看见那老太婆正坦然地站在杰克的身前，看来她一点儿也没被它吓着。

　　他失望了。可后来，他又觉得很好奇，他想知道莫比接下来要干什么。于是，他急忙躲到树后，这样他就不会被发现，而且可以清楚地看到莫比的一切，他准备看个究竟。不一会儿，莫比从篮子里找出一个旧胡椒粉盒子，在盒子褪了色的标签上写着："生命粉"。"噢，原来在这儿！"她兴奋地叫道，"现在，就让我来验证一下它是否有效。那个的巫士太小气了，就给了这么一点，不过，还是可以用两三次的。"

蒂普听到莫比的话后，感到非常吃惊。他看见莫比把盒子里的药粉撒在杰克的南瓜脑袋上。那动作就好像人们往烧好的马铃薯上撒胡椒粉一样。那些粉末从杰克的头上散落到它穿的红衬衣、粉背心和紫裤子上，还有少许粉末散落到那双破鞋子上了。

做完之后，莫比又将胡椒粉盒子放回了篮子里，她举起左手，并将小手指指着上边，口中嘀嘀咕咕道："乌阿！"之后，她又举起右手，再将大拇指指着上边，口中又嘀咕道："台阿！"最后，她举起双手，把所有的手指都张开，口中仍嘀咕道："皮阿！"突然，杰克朝后退了一步，用喝斥的话音说道："干吗这么叫！我又不是聋子?"

老太婆高兴极了，围着他手舞足蹈起来，简直忘乎所以了。"他活了！"她大叫着，"他活了！他活了！"她激动地把拐杖向空中扔去，当它掉下来时，又抓住了它；她用胳膊抱紧自己，转来转去，嘴里还喋喋不休地唠叨着："他活了！他活了！他活了！"

你知道吗，当蒂普看到这一切时简直是瞠目结舌！他被吓得不行了，想转身就跑，可他的腿却不听使唤，怎么也动不了。慢慢地，他看到活了的杰克，就觉得很好玩，特别是他脸上的表情，又幽默又可爱，因此，蒂普不再害怕了，他回过神儿来后，就大笑起来。他的笑声传到了老太婆的耳朵里，她立即一步一瘸地跑到了树后边，她发现了蒂普，并且一把抓住了他的衣领，把他拖到了杰克的面前。

"你这神神道道、专爱搞恶作剧的小鬼！"她生气地喊道，"我一定要好好教训教训你，看你还敢不敢偷听我讲话，还敢不敢拿我开心！""我没拿你寻开心。"蒂普驳斥道，"我是笑他哪！"他指了指杰克，"你看他像不像一张画？"

"请你不要取笑我的外貌！"杰克生气地说道。没想到他低沉的声音让蒂普觉得更有趣，再加上他的脸上总是带着欢快的微笑，蒂普忍不住扑哧一声笑出来。

莫比对这个滑稽可笑的南瓜人也很感兴趣。她仔细地端详了一会儿，问道："你知道些什么呢？""哦，这可说不好，"杰克说，"我自认为自己懂得的东西很多，但我还不能确定，在这个世界上还有多少未知的东西等待我去探索。所以，得过段时间，我才能确定自己到底是个什么样的人。""这是当然啦。"莫比确定地说。

"他现在是活人了，你准备怎么处理他呢？"蒂普问道。"这个我得好好考虑一下。"莫比答道，"现在最重要的是我们得回家了，天快要黑了。你帮南瓜人快些走。"

"不用了，"杰克说，"我能像你们一样自由行走，我也有腿和脚，它们和你们的一样，可以自由行动。""他说的是真的吗？"莫比转身去问蒂普。"当然是真的，我是他的主人啊！"蒂普自豪地答道。

于是，他们便一起回家了。他们回到了农舍，进了院子，老莫比便带着杰克到了牛棚，把他关进了一间空牛栏里，并从外边把牛棚门给扣上了。

"我先来教训教训你。"她一边说，一边恶狠狠地看着蒂普。蒂普听到这话，感到很害怕。因为他知道，这个老太婆有一颗恶毒的、阴险的心，什么坏事她都能干出来。

他们走进一间与所有奥茨国的农舍无异的圆形拱顶的房子里，莫比让蒂普点着一支蜡烛，她把篮子放在了碗柜上，把斗篷挂在了墙上的钉子上。蒂普赶忙照做了，因为他怕莫比教训他。

点着蜡烛之后，莫比又让蒂普生起壁炉里的火。蒂普又照做了，可莫比却自顾自地吃起饭来。蒂普也饿了，他朝莫比要一份面包和黄油，可莫比没给他。"我也饿了！"蒂普气愤地说。"再坚持会儿吧，一会你就不饿了。"莫比很不屑地看着蒂普冷冷地说道。

蒂普很讨厌听到这种话，它听上去是那么刺耳，忽然，他一下子想起了自己口袋里的栗子，于是他拿出栗子剥开皮，吃了起来。老太婆吃完后站了起来，她抖了抖围裙上的面包渣，然后将一个黑色的水壶挂在火上。

她将牛奶和醋一起倒进水壶里，又拿出几包草药和药粉，并将药和药粉的一小部分倒进壶里。时不时的，她就会靠近蜡烛，借着光亮去读一张黄纸上的字。

蒂普在一旁看着，他觉得不对劲。"这药是给谁配的？"他问道。"当然给你啦。"莫比兴奋地答道。蒂普不自在地扭动了一下身子，又看了看壶。他看了一眼莫比那张凶狠的、残酷的脸，他想马上离开这个阴森的厨房和这个可怕的人，随便去哪都行，在这里，哪怕是蜡烛映在墙上的影子都会让他感到害怕。都过去一个小时了，可是除了壶里烧开的咕嘟声和火焰的嘶嘶声以外，什么声音都没有，屋子里静极了。

蒂普朝那壶看了一眼，他害怕地问道："我必须得喝那壶里的药吗？""那当然。"莫比说。"我喝了它，对我有什么好处呢？"蒂普又问。"如果我配的对的话，"莫比答道，"它会让你变成一尊大理石雕像。"

蒂普抽搐了一下，用袖子擦了擦头上渗出的汗。"我不想成为大理石雕像！"他反驳道。"这不是你想不想的事，我想怎么做，你就得乖乖听话。"老太婆说道，并用锐利的目光看着他。"那我还能干些什么呢？"他问，"再说，我要是变成雕像了，谁来帮你干活呀？""还有杰克呢，我让他给我干活。"莫比说。

蒂普又抽搐了一下。"要不你把我变成一只山羊或是一只公鸡好吗？这对你还有点用，"他讥讽地说，"一尊大理石雕像能干什么呢？这对你一点儿用处都没有。""有用，有用。"莫比说，"来年春天，我要在这建一个美丽的花园，把你放在正中间，正好做个装饰品。我太笨了，以前怎么就没想到呢？这么多年了，我一直觉得你是我的累赘。"

听到这儿，蒂普害怕极了，他全身都在流汗，可他只能坐在那儿发抖，他的双眼直勾勾地盯着那个壶。"老天啊，快让她做失败了吧。"他嘀咕着，那声音带着无奈与凄凉。"哈哈，一定会成功的。"莫比兴奋地说，"我可是很少会出错的。"

屋子里又恢复到了刚才的安静状态——就这么长时间的沉默，沉默，直到壶里的药水被烧开了，莫比把壶拿下来，她才开口说话，那时已经快半夜了。"等凉一凉就能喝了。"老巫婆说道。她知道这么做不合法，但她却以这是巫术为借口，认为这是对的。"好了，我们可以睡觉了，明天早上我来叫你喝药，你就会变成一尊大理石雕像了。"

　　说完之后，她就端起那个冒着热气的壶，一步一瘸地回到了自己的房间。蒂普听见她关了门，并上了锁。可蒂普怎么能睡得着呢？他开始思索下一步该怎么办。

亡命者的出逃

蒂普想着，老莫比这么多年一直把自己当作累赘，所以才想抛弃他。如果自己真的变成了一尊大理石雕像，那可怎么办啊？他越想越气愤，他绝对不能变成一尊雕像，被摆在花园中间做什么装饰品，他得想办法，在老莫比逼他喝下那壶什么破药之前逃出去。

于是，蒂普趁着老巫婆睡熟之时，小心地站起来，他准备在碗柜里找点吃的东西。"要吃点东西才行，要不没有力气逃跑。"他一边想着，一边瞄着那狭小的架子。他找到了一些干面包，他又想到莫比的篮子里有她从村子里买来的黄油，他就去翻莫比的篮子，这时，他又看见了那个装着"生命粉"的胡椒盒。

"我要带上这个盒子，"他想，"不然的话，莫比又不知道会干出什么事来。"就这样，他把胡椒盒、干面包和黄油一起装进了口袋里。然后，他蹑手蹑脚地走出了房子，并把房门锁上了。天空中挂着一轮皎洁的月亮，还有满天的繁星，夜静悄悄的，跟那个令人窒息的和让人作呕的厨房比起来，真是感觉惬意得多了。

"离开这是多么让人高兴的事啊！"蒂普小声地说，"我恨透了这个可恶的老太婆！我就纳闷了，我怎么会和她一起生活了这么长时间！"

他在路上慢慢地走着，突然，他想起一件事来。我不能丢下杰克不管，不能把它丢给老巫婆，"他嘀咕道，"杰克是我的，我才是他真正的主人——虽然老巫婆让他活了过来。"

他又返回到牛棚那里，打开了杰克被关的那个空牛栏门。杰克正在牛栏中间站着。借着微弱的光，蒂普又看见了以前那个快乐的杰克。"快出来！"蒂普招呼杰克说。"去哪儿啊？"杰克不解地问。"等一下你就会明白的，"蒂普怜爱地对杰克笑着说，"目前我们的主要任务就是离开这儿。""好的。"杰克说着，便笨手笨脚地走出牛棚，他们一起走出了院子。

蒂普拐上大道，杰克紧紧地跟在他的后面。杰克走起路来一颠一颠的，有的时候，他腿上的关节不是和正常人一样朝前弯，而是向后弯，这样，他就会摔跤。杰克很快就发现了这个问题，所以，走起路来就更小心了，这样，后来他走路摔跤的事就很少发生了。

蒂普和杰克在路上走啊走啊，他们走得又慢又稳，走着走着，天就渐渐亮了，太阳升起来了。不知不觉他们就走了好远的一段路，蒂普长呼了一口气，他不再担心老巫婆会赶上他们了。而且，他们在第一个十字路口就拐了一个弯，后来又拐了一个弯。就算莫比能追上他们，也不会知道他们走的是哪条路。

蒂普觉得能逃出魔掌真是太幸运了——至少现在安全了，否则现在就会变成一尊大理石雕像。蒂普叫杰克停下来，他在路旁找了一块岩石坐了上去。"来，我们一起吃点早餐吧。"他说。杰克吃惊地看着蒂普，可他一点也没吃。

"我感觉我和你好像不是一样的人啊！"他说。"我知道我们不一样，"蒂普说，"是我把你做出来的。""哦，这是真的吗？"杰克问。"当然是真的了。我用木头做出你的身体，用南瓜做出你的头，并刻出了眼睛、鼻子、耳朵和嘴巴。"蒂普自豪地说，"你的衣服也是我给你穿上的。"

杰克挑剔地瞧了瞧自己的身体、四肢和衣服。"真没想到，你的手艺还是蛮不错的。"他说。"没有啦。"蒂普不好意思地说道。因为，他发现了杰克身上的好多缺陷，他自责地说："如果我当初预料到咱们可以一起旅行的话，我一定把你做得更好的。"

"咦！"杰克吃惊地说道，"您既然是我的创造者，那您就是我的再生父母啊，您就是我的父亲啦！"蒂普大笑着说："是啊，你就是我的儿子，我就是你的父亲。""那以后你说什么我就听什么，"杰克说，"但是您可要爱护我呀！""那是当然，"蒂普自信地跳起来说，"我一定会帮助你的，我们继续赶路吧。"

"我们到底要到哪儿啊？"杰克又迷茫起来。"我现在也不知道，"蒂普说，"不过，别担心，我们现在正朝南走，最后，我们就会到达翡翠城。""那是什么地方啊？"杰克问。"它是奥茨国的中心城市，是这个国家最大的城市。我虽然从来没去过那，但我却对它的全部历史了如指掌。它的建造者是一个叫奥茨的人，他是一个伟大而非凡的巫师。那里所有的东西都是绿色的——正像在这里一切都是紫色的一样。"

"这儿的一切都是紫色的吗？"杰克问。"当然啦，你不觉得吗？"蒂普说。"难道我是一个色盲吗？"杰克向四周看了一会儿，然后怀疑地说道。

"你瞧啊，草是紫的，树是紫的，房子和篱笆都是紫的，就连路上的泥巴也是紫的。但是翡翠城和这里完全不一样，所有东西在这里都是紫的，但在那里都是绿的。东边的曼基肯国里，一切东西都是蓝色的；南边的夸德林国里，一切东西都是红色的；西边的温基斯国里，那里的统治者是一个铁皮樵夫，那里的一切都是黄色的。"

"啊！"杰克很吃惊。过了好半天，他才回过神问："您是说一个铁皮樵夫统治着温基斯吗？"

"没错，他帮助多萝茜打败了西方的恶巫婆。所以温基斯人非常非常崇敬他，就请他去当他们的统治者了——就像翡翠城请稻草人陛下当他们的统治者一样。"

"我的天呀！"杰克又迷惑了，"我简直要被这些历史给弄晕了。稻草人陛下是谁啊？""多萝茜的另一个朋友。"普蒂回答。

"那多萝茜是谁呀？"杰克又问。"她是一个小姑娘，家在堪萨斯。她被一阵飓风刮到了奥茨王国。稻草人陛下和铁皮樵夫陪着她在这儿旅行。""她人现在在哪儿？"杰克问。"夸德林的统治者，好心的格琳达，把她送回家了。"蒂普回答说。"哦，原来如此。稻草人陛下后来干什么了？"杰克又问。"我不是说过了吗？他现在是翡翠城的统治者啊。"蒂普回答道。

"可是，我记得你说翡翠城的统治者是个很厉害的巫师啊。"杰克反驳道，他越来越糊涂了。不错，我是那么说过。我再讲一遍，你可要注意听。"蒂普说完，一边认真地讲，一边看着那总在微笑的杰克。
"多萝茜到翡翠城去请求巫师把她送回她的家乡堪萨斯，稻草人陛下
和铁皮樵夫陪她一起去了。可是巫师根本没有能力把多萝茜送回去，
因为，他并不是一个真正的巫师。他们知道了之后很生巫师的气，准
备揭露他；巫师害怕了，就做了个大气球，钻到里面逃跑了。从此他
就再也没出现了。"

"真是一段有趣的历史啊，"杰克兴奋地说，"我终于弄明白了，
请接着讲吧。"太好了，"蒂普说，"巫师逃跑了以后，翡翠城的人就
拥护稻草人陛下做他们的统治者了；我听说，他是一个很受人爱戴的
统治者呢。"

杰克兴奋地问蒂普，他们要见的是不是这个奇怪的统治者。蒂普
点了点头，杰克告诉蒂普，他亲爱的父亲去哪儿，他就跟着去哪儿。

蒂普做了次魔法试验

　　蒂普在杰克跟前显得很娇小，所以当又高又大的杰克叫他"父亲"时，他总是有些发窘，为了掩饰自己，他改变了话题："你累吗？""不，一点儿都不累！"杰克回答道，停了半天，他又说道，"可是，如果再继续走下去的话，我想我的木头关节很可能就要散了。"

　　他们又往前走了一会儿，蒂普发现杰克真的有问题了。他非常后悔，后悔自己当初没有细心地将杰克的这些木头关节做得更牢固些。他当初做木头人只是为了吓唬老莫比，他怎么会想到木头人会被一种装在旧胡椒盒里的魔术粉变成活人呢？

　　想着想着，蒂普就不再自责了，他开始想补救杰克那些不牢固的关节的办法。蒂普边走边想办法，不知不觉，他们就走到了一片树林的边上，蒂普在一个伐木工留下的旧锯木架上坐了下来。

　　"你为什么不坐呢？"他问杰克。"坐下会不会扭损我的关节啊？"杰克疑惑地说。"当然不会了，而且它们还能得到休息呢。"蒂普答道。

于是，杰克就试着慢慢往下坐。可是，他的关节刚弯一点时，他就不行了，杰克一下子就摔倒在地上，这可不得了啊，蒂普真担心他会彻底完蛋了。

蒂普一个箭步冲过去，把他扶了起来，替他弄了弄胳膊和腿，又关心地摸摸他的头，看看是不是真的摔坏了。庆幸的是，杰克一切都挺好。然后蒂普担心地对他说："你以后还是站着吧，这是最安全的办法了。""好吧，亲爱的父亲，我什么都听您的。"杰克笑着说，看来他并没有被这一跤摔坏了脑袋。

蒂普又坐了下来。这时，杰克问他："你坐的那个东西是什么呀？""哦，它是一匹马。"蒂普漫不经心地答道。

"马是干什么用的呀？"杰克又问。"马？嗯，马分两种，"蒂普说，他不知道怎么回答他，"一种马是活的，有四条腿、一个头，还有一条尾巴。人可以骑上它奔跑。""我知道了，"没等蒂普说完，杰克就兴奋地说，"就像你现在坐着的，就属于这种马吧。""不，它不是。"蒂普立即辩驳说。"怎么不是呢？您看，它有四条腿、一个头，还有一条尾巴。"

蒂普仔细地看了看这个旧的锯木架，他发现杰克说的很对。它的身子是由一段滚圆的树干做成的，尾部朝天立着一根树杈子，看上去真的很像一条尾巴。而在另一头，正好有两个节疤，就好像两只眼睛，如果再在前边砍开一个缺口，就会被人看成是马的嘴。那四条马腿，也是用四根直直的树枝做成的，它们被紧紧地钉在马的身体上。马的腿被叉得很开，是为了在上面锯木头时，它能站得更稳一些。

"这假马比我想象中的马更像真的。"蒂普说，他想办法对杰克解释清楚，"一匹真的马必须是活的，它能跑，能跳，还能吃燕麦，这只不过是一匹假马，是用木头做的，用来锯木头的。"

"如果它也变活了，那它就能跑，能跳，能吃燕麦了吧？"杰克急着问。"它可能会跑，会跳，但它肯定不会吃燕麦。"蒂普一边说，一边控制不住笑了出来，"它可是木头做的，怎么能活呢？""那么，它跟我是一样的了。"杰克说。

蒂普感到很惊讶。"怎么，像你一样！"他惊叫起来，"是啊，把你变活的那种魔术粉我还揣在口袋里呢！"说着他就拿出装药粉的胡椒盒，好奇地看着它。"我也不能肯定这种药粉会把锯木架变活。"他忐忑地说。

"如果它真的活了，"杰克平静地说，好像没什么事能够使他惊讶似的，"我就可以骑着它了，我的关节就能得到保护。""让我试试吧！"蒂普兴奋地跳起来叫道，"我也不确定是否还记得老巫婆的话，还有她手势的。"

他认真地回忆了一会儿。因为他曾亲眼目睹了老莫比的每一个动作，而且他也听到了她说的每一句话，所以，他觉得自己完全可以重复她的每个动作和每句话。

于是，他就从胡椒盒子里取出一些药粉撒在锯木架上。之后，像莫比一样举起左手，小手指指向上，口中嘀咕着："乌阿！"

"乌阿是什么意思呀？"杰克好奇地问。"我也不清楚。"蒂普回答道。然后，他又像莫比一样举起了右手，大拇指指向上边，口中又嘀咕着："台阿！"

"台阿又是什么意思呀?"杰克又好奇地问。"意思是,你必须给我闭嘴!"蒂普生气地说,因为他不喜欢在这样重要的时刻被打断。"你看,我学得这么快!"杰克说,脸上依旧是不变的微笑。

再看,蒂普把双手举过头顶,并把所有的手指头都张开,口中依然嘀咕道:"皮阿!"眨眼工夫锯木架真的动了起来。先是伸了伸腿,接着又张开了那砍开的嘴,他抖掉了身上剩下的一点儿药粉。其余的药粉好像融入了木马的身体里。

看到蒂普的样子,杰克感到非常崇拜,他称赞蒂普是一个有天分的巫师。

木马醒来了

　　木马终于成了有生命的动物，但他不敢相信这是真的。他使劲眨巴着他的节疤眼睛，吃惊地看着这个奇妙的世界，最让他高兴的是，他已经成了这个世界中的重要一员了。他特别想看看自己活了是什么样子，可他没有脖子，他不能看见自己，所以他只能在原地不停地转圈。又因为他的腿没有膝关节，所以显得又硬又笨，当他来回转动时，把杰克都撞倒了，并把蒂普撞到了路旁的沼泽地里。

　　蒂普都看呆了，他更吃惊木马为什么坚持不停地转圈跳，他赶忙大叫道："喔！喔！喔……"可是，木马根本不搭理蒂普，紧接着，他的一只木腿就踩到了蒂普的脚上，这一脚下去可真不轻啊，蒂普没有办法，只好忍着疼，一瘸一拐地跳到稍远一点的地方，他又喊叫起来："喔，喔，听我指挥！"

　　杰克根本没办法坐起来了，但他又非常感兴趣地看着木马。"我根本就不信他会听你的话。"杰克不屑地说。

　　"难道是因为我喊的声音不够大吗？"蒂普生气地说。"当然不是，我发现他根本就没有耳朵。"杰克说。"唉呀！真的啊。"蒂普大叫着，他才发现这个问题。"那我该怎么办呢？我怎么才能让他停下来呢？"

这时，木马却自己停下来了，因为他确信自己真的看不见自己的身体。可是，他却看见了蒂普，他朝他走了过去，他想看得更清楚一些。

看他走路，真的很有趣。他先迈出右边的两条腿，然后再一起迈左腿；他这种走法，好像马在遛蹄，他的身体像摇篮一样朝两边来回摆动。

蒂普轻拍着他的头，像哄小孩似的说："好孩子！好孩子！"可是木马却走开了，并且用凸出的眼睛看着杰克。

"我要去给他找个笼头。"蒂普说，他在口袋里摸索了半天才找到了一卷结实的细绳。他把绳子解开，并朝木马走去。他用绳子的一头套住它的脖子，另一头则拴在一棵大树上。木马不懂这是要干什么，他朝后一退，挣断了绳子，可是他并没有逃跑的意思。

"他比我想象的要强啊，"蒂普说，"甚至脾气还很倔。""我觉得你应该给他做两只耳朵，"杰克说，"这样的话，你就可以告诉他该怎么做了。""这个主意太好了！"蒂普兴奋地说。"你是怎么想起来的？我怎么没想到呢？""可是，我并没有想啊，"杰克说，"其实想都不用想，因为这是最简单的事了。"

于是，蒂普拿出一把小刀，给小木马削出了耳朵的形状。"我要把耳朵做得小一些，"他一边削，一边说，"要不小木马就变成驴了。"

"这是为什么?"杰克疑惑地问。"很简单,因为马的耳朵比驴的耳朵小呗。"蒂普解释道。"这么说,如果我的耳朵再大些,我也会变成一匹马喽?"杰克又问。"我亲爱的朋友,"蒂普严肃地说,"当然不会,你永远是杰克,跟你的耳朵大小无关。""哦,"杰克点了点头,"我好像明白了。"

"如果你真明白了,那真是一个奇迹了。"蒂普说,"好了,我觉得这双耳朵已经做好了。等会我给木马安耳朵时,你得帮我扶着他。""好的,前提是你必须先把我扶起来。"杰克说。

蒂普把他扶了起来,杰克走到木马的旁边,抓住了他的头,蒂普就用他的小刀在木马的头上刻出两个洞,然后把做完的耳朵插了进去。"安上耳朵,他变得漂亮了吧。"杰克赞赏地说。当他说这些话的时候离木马很近,这也是他第一次听到声音,所以,他大吃一惊,猛地向前一跳,把蒂普撞倒在一边,将杰克撞倒在另一边。他并没有停下来,而是继续向前冲,他好像被自己的马蹄声吓着了。

"喔!"蒂普一边叫着,一边赶紧站了起来,"喔!傻瓜——喔,傻瓜——!"木马根本就不听他的话,可就在这时,它的一条腿突然踩进了一个地鼠洞里,他仰面朝天,背贴地面,四条腿在空中不停地乱蹬着。

蒂普赶紧跑了过去。"我确定你是一匹出色的好马。"他说,"可是,为什么我喊'喔'的时候,你还不停住呢?""'喔'难道就是站住的意思吗?"木马吃惊地问蒂普,它转动眼睛,眼珠朝上地看着蒂普。"是的。"蒂普回答说。

"那地上的洞也是站住的意思,对吗?"马继续问。"是的,除非你离它远点。"蒂普回答说。"这个地方真的很神奇呀!"那木马好像很好奇地说道,"我能做些什么呢?""记住,是我给了你生命,"蒂普说,"你应该听我的,我要你干什么你就干什么,这样就行了。""好的,我听您的。"木马谦卑地说,"可是我刚才怎么了,我好像出了点差错。""你摔倒了,"蒂普说,"现在,你必须老实地待一会儿,让我重新替你扶正你的腿。"

木马立刻安静了下来,并举起了他僵硬的腿,经过几次努力,蒂普终于将他的腿翻转过来了,他又能站起来了。"太好了,这下我感觉我全好了。"怪模样的木马兴奋地说。"不,你的一只耳朵摔坏了,"蒂普仔仔细细地检查了一遍以后说,"我必须再给你重新做一只耳朵。"

他领着木马朝杰克走去,杰克这时正挣扎着站起来,蒂普把杰克扶了起来,之后,他又重新削了一只耳朵,并且安在木马的头上。"现在,"蒂普对木马说,"你必须仔细听我说的话。'喔'是站住的意思;'起来'是朝前走的意思;'跑'是能走多快就走多快的意思,明白了吗?""我觉得我明白了。"木马答道。

"好。那我们就继续赶路吧,朝翡翠城前进,让我们去看望稻草人陛下,让杰克骑在你的背上,这样可以保护他的关节,他就不至于走坏了。""我无所谓,"木马说,"只要能帮助你们,我就很高兴了。"

蒂普托着杰克骑上了马背。"抓紧点,"蒂普提醒杰克,"要不然的话,你就会从上面掉下来的,那你的南瓜脑袋就保不住了。""太恐怖了!"杰克吓得颤抖了一下。"我该怎么办才好呢?""抓住他的两只耳朵吧！"考虑了一会儿后，蒂普说。"不行不行！"木马说，"这么的话，我就听不到声音了。"

木马的建议是对的，蒂普思考了片刻，想到了别的办法。

"我觉得我应该安个东西。"蒂普说。接着，他走到树林里，从一棵小树上砍下一根短树枝。回来后，他先把树枝的一头削尖，又在木马的背上挖了一个洞，然后，他从路边拣了一块石头，把那根削尖的树枝牢牢地钉进马背里。

"快停下！快停下！"木马大叫起来，"我快要受不了了。""难道你受伤了？"蒂普问道。"那倒没有，"木马说，"就是你把我震得太厉害，我的神经受不了了。"

"好，一切都处理好了，"蒂普对杰克说道，"杰克，记住，你一定要抓牢这根树枝，不然的话，你就会掉下来，摔坏了。"杰克紧紧地抓着树枝，蒂普对木马说："起来。"木马马上朝前走去，当他从地上抬起脚来时，身体左右摇摆着。

蒂普靠在木马的旁边走着，他对这个新入伙的成员非常满意，非常高兴地吹起了口哨。"这个声音意味着什么呢？"木马问道。"这个你无须明白，"蒂普说，"当我吹口哨时，表示我心情很好。""如果我也能像你一样将嘴唇合到一起，那我也能吹口哨了，"杰克遗憾地说，"亲爱的父亲，我想我存在很多的缺陷呢。"

步行了一会儿，眼前的这条小路突然变宽了，路面铺的是黄砖。蒂普发现在路旁竖着一块指示牌，上面写道："翡翠城九英里。"

天渐渐变黑了，蒂普决定在路旁宿营一夜，等天亮了再继续前进。蒂普将木马牵到一片长着灌木的草地上，他谨慎地把杰克扶下马。"我想，你应该躺在地上过夜，"蒂普说，"这样会对你有好处的。"

"那我呢?"木马问。"你怎么都可以，"蒂普说，"你是不用睡觉的。你还可以为我们放哨，阻止别的什么东西来打扰我们休息。"回答完木马的话，蒂普的眼皮开始打起架来，他躺在杰克旁边，很快就进入了梦乡。

南瓜人骑马到了翡翠城

　　天亮后，蒂普揉了揉眼睛，爬起身，走到小溪边，用溪水洗了把脸，然后吃了点东西。一切准备就绪后，蒂普说：

　　"继续出发！九英里也是不近的一段路程。不过，如果我们一切都顺利的话，到中午的时候我们就能抵达翡翠城了。"于是，杰克又骑在了马背上，他们的旅行又开始了。

　　这时，蒂普发现，树的颜色和草的颜色渐渐从深紫色变成了淡紫色。又走了一段路，那淡紫色上又出现了淡绿色。随着他们越来越接近翡翠城，那绿色也越发地鲜艳起来。

　　他们刚走了两英里的路，忽然，一条很宽的河拦住了他们的去路。蒂普着急地想着过河的办法，这时，他发现一个人正划着一只渡船从河的另一边赶来。

　　等这人靠了岸，蒂普问道："你能把我们渡到河对岸吗？""行啊，只要你有钱！"渡船工转过头来对他说道，他的脸色很难看，简直令人厌烦。"可是，我没有。"蒂普窘迫地说。"一点儿都没有？"

那人问。"是的，没有。"蒂普无奈地回答道。"那我就没办法了。"渡船工态度坚决地说。

"一看您就是一个好人！"杰克脸上堆满了笑说。渡船工看了看他，却什么都没说。

蒂普用尽心思想着办法，他不想就这样突然结束了他的旅行，否则他会很失望的。"我一定要到翡翠城去，"他坚定地对自己说。

拿定主意后，他问渡船工说："如果你不帮我渡过河去，那我该怎么办啊？"渡船工大笑起来，而且，是那种坏坏的笑。"那匹木马可以漂在水上，你可以骑着他。至于这个杰克嘛，可以让他下水游泳——这对他来说不会有什么影响的。""别为我担心，"杰克说着朝那不尽人情的渡船工笑了笑，"我相信，我一定能游过去的。"

蒂普觉得这是一个值得试的好建议，木马因为不了解其中的危险，所以他没有提出什么反对意见。于是，蒂普把他牵进河里，爬到他背上。杰克也跟着下水了，他紧紧地抓着马尾巴。这样，就可以使他的头保持在水面之上。

"现在，"蒂普指导木马说，"把你的腿摇起来，你就能游起来了；只要你能游起来，我们就能游过去了。"木马听话地摇动他的腿，他的腿像桨一样，真的把他们慢慢地送到河对岸去了。就这样，他们胜利地游过了河，并立即带着一身水爬上了青草岸堤。

蒂普的裤子也湿透了。因为木马游得很好，所以他从膝盖以上全是干的。那么杰克呢，就别提了，他所有的衣服都在滴水。

"我们在太阳底下待一会，一会就能晒干了。"蒂普说，"我们不用那渡船工帮忙，也能平安地到达目的地，我们又能继续我们的旅程了。"

"游泳对我来说不算什么。"木马说道。"对我也是。"杰克跟着说。歇了一会儿，蒂普帮助杰克重新骑上了木马背，他们又顺着黄砖路起程了。

"如果你快点骑，"蒂普对杰克说，"你的衣服很快就会被风吹干，我拉着木马的尾巴，跟着你们跑，这样的话，我的衣服也会很快被风吹干的。"

"那么你就得快点跑。"杰克对木马说。"我一定努力做到。"木马高兴地说。蒂普紧紧地抓着木马的尾巴，喊道："前进!"木马快步地往前跑去，蒂普紧随其后。他相信他们能更快，所以就鼓励他们说："跑起来!"这时，木马想起了这话的意思，那是命令他快点跑。于是，他加快速度大步跑开了。这下蒂普可受了罪了，为了跟上木马，他必须使出全部力气。

不一会儿，蒂普就气喘吁吁了，虽然他很想让木马停下来，可他累得什么话都说不出来了。而他抓着的那条马尾巴，从木马身上掉了下来，立刻变成了一根枯树枝，蒂普瞬间摔在了路上，而那木马和南瓜人杰克却仍在继续狂跑着，一会儿就没了影。

蒂普连忙从地上爬起来，吐了吐嘴里的土，他发现自己能发声了，这才喊道"停"。可是喊也没用了，他们已经跑得不见影了。现在，他唯一能做的一件事，就是坐下来，让自己休息一会儿，然后继续赶路。"我一定会追到你们的，"他想，"因为马上就到翡翠城了，到了终点，他们必须得停下来了。"

与此同时，杰克正紧紧地抓着棍子，而木马也像一匹真正的赛马一样疯狂飞跑着。他们俩谁都没注意蒂普已经被甩在后面，因为杰克顾不上看，而木马又转不过头来看。

杰克这时渐渐发现了，路旁的树和草已经变成了美丽的绿宝石色了，虽然还没看见高高的塔尖和圆屋顶，但是他猜到他们快到翡翠城了。

跑到最后，他们面前出现了一堵高高的、镶满绿宝石的墙，杰克担心木马不知道停下来，会撞在墙上，于是他使出吃奶的劲喊道："停！"木马听到命令后，赶紧停了下来，如果杰克没抓着棍子的话，那他的脑袋肯定会被甩出去的，他也会因此而被毁容了。"这可真刺激呀，是不是，我亲爱的父亲！"他大喊着，可是却没有人回答他，他猛转过头去，才发现，蒂普已经不见了。杰克糊涂了，他开始担心起来。

正当他担心蒂普的境况和接下来他该怎么办时，突然，绿墙上的大门被打开了，并从里面走出一个人来。

这人长得矮矮的，但圆圆的、胖胖的脸使他显得和蔼可亲。他穿着一身绿衣服，头上戴着高高的尖尖的绿帽子，还戴着一副绿眼镜。他礼貌地对杰克说道："我是翡翠城的守门人。请问你是谁？来这儿有什么事吗？""我叫杰克，我是一个南瓜人，"杰克笑着答道，"至于到这来要干什么，我也不是很清楚。"

门卫好奇地看着他，直摇头，似乎没听懂杰克说的话。"那么，你是个人呢，还是一个南瓜呢？"他很有礼貌地问道。你认为是啥就是啥吧。"杰克说。

"那他呢，它是活的吗？"门卫又问。木马转转眼珠，又朝杰克眨了眨眼，然后一跳，一条腿踩到了门卫的脚趾上。

"唉哟！"门卫大叫起来，"我错了，我不该问那个问题。可你也太激动了。不过，我还是要问，你们到翡翠城来干什么呀？""应该是有事，"杰克很严肃地说，"可是我不清楚到底是什么事。只有我父亲知道，可是他现在不在这。"

"真是太奇怪了——非常奇怪！"门卫说，"应该不是急事。但是我想，如果一般人遇到这种事，是不会像你这样高兴的。""至于这个嘛，"杰克说道，"不是我不严肃，而是因为这是用一把大折刀刻上去的。""那好吧，你们进来吧，"门卫说，"让我想想，看我能为你们做些什么。"

于是，杰克骑着木马穿过走廊，走进一间盖在墙里的小屋子。门卫摁了一下门铃，立刻有一个长得高大穿着一身绿色军装的战士从另一道门里走了进来。这个战士肩上扛着一支长长的枪，也是绿色的，他那可爱的长长的绿胡须一直长到膝盖上。门卫对他说道："这位先生很奇怪，他不知道到翡翠城来要做什么，也不知道他需要我帮他什么。请你告诉我，我们该怎么办呢？"

绿胡子战士非常认真又疑惑地打量着杰克。最后，他叹气地摇摇头，他的绿胡子都跟着颤动了起来，说道："我想只有稻草人陛下有办法吧。"

"可稻草人陛下又有什么好主意呢？"门卫问。"那就不关我们的事了，"士兵说，"我自己的麻烦事就不少了，所以，别人的麻烦事就交给陛下去想吧。给他戴上眼镜，我带他去见陛下。"于是，门卫打开了一个大大的箱子，想在一堆眼镜中找出一副合适的戴在杰克的大圆眼睛上。

"我找不到合适的眼镜。"门卫叹口气说，"你的头太大了，我只能把眼镜绑在你的眼睛上了。""为什么非要戴眼镜呢?"杰克问。"这是这儿的规矩，"士兵说，"这样的话，可以保护你的眼睛，免得被翡翠城里灿烂的光辉给照瞎了。"

"噢，这样啊!"杰克叫道，"那就快行动吧，我真的不想变成一个瞎子。""我也不想!"木马说。于是他们找出了一副绿色的眼镜戴在了木马的眼睛上了。

准备就绪后，绿胡子士兵带领着他们进入里边的门。他们发现已经进入了翡翠城的主要街道，真是辉煌耀眼啊!这里所有的美丽的房子和高塔的正面都装饰着闪光的绿宝石，就连塔楼也是。那绿色的大理石路面更是闪烁着宝石的光芒。

对于杰克他们来说，这儿真是一个壮丽而奇妙的地方——因为他们第一次看到这一切!然而，杰克和木马根本就不懂得眼前的一切，他们安静地跟在绿胡子士兵后面，他们根本就没注意到从绿眼镜里能看到的这些美丽景象，也没注意到成群的绿人正在好奇地盯着他们。只有当一只绿色的小狗跑出来冲他们大叫时，木马才迅速地用木腿把它踢跑了，那小绿狗哼叫着跑进了一间屋里。他们是在去国王宫殿的路上，除了这事外，其他都还是挺顺利的。

杰克想骑着木马，去见稻草人陛下，可那个战士不允许他这样做。于是，杰克费了九牛二虎之力才下了木马。一个侍从把木马领到后边去了，而这时绿胡子士兵也领着杰克，从前门走进了宫殿。

士兵把这个陌生人安置在一间装饰得很美的会客室里，然后他进去通报。稻草人陛下这时很闲，他正想找点事儿做做，于是，他高兴地命令立刻把杰克带进宫来。

　　因为根本就不懂会见的礼节，所以会见翡翠城的最高统治者，他既不害怕，也不感到害羞，但是当他第一次看见如此闪闪发光的宝座，却大吃一惊，因为那富丽堂皇的宝座简直太精美了！

稻草人陛下

杰克从没有看到过稻草人陛下这样的怪物，当他见到翡翠城的最高统治者时，他感到既吃惊又好奇。

稻草人陛下身穿一身褪了色的蓝布衣服，他的头很有意思，是一个装满了稻草的小袋子，他的五官也都是随便画上去的。衣服里面也是塞满了稻草，而且那些稻草是被马马虎虎地塞进去的，所以，使得陛下的腿和胳膊显得非常臃肿。他的手上戴着一副很奇怪的手套，里面塞的是棉花，稻草一撮一撮地从陛下的衣服、脖子和靴尖上冒出来，而他的头上却戴着一顶镶满了宝石的很贵重的金王冠。但这贵重的金王冠看起来戴着并不舒服，压得他眉头直皱，使人感觉到在这张画成的脸上总呈现出很苦闷的表情。但是，这顶金王冠真的很气派，陛下戴上它立马有了派头，否则，这个稻草人陛下就变成了一个普通的稻草人了——软弱而丑陋。

当杰克被稻草人陛下的奇怪模样吓坏了的同时，杰克的模样也同样吓坏了稻草人陛下——紫色的裤子，粉色的背心，还有那件肥肥大大的盖过杰克关节的衬衣，更有那个特意刻出来的总是微笑的脸。

刚开始，陛下真的以为杰克是在嘲笑他，并且对他这种不礼貌的行为感到非常不满，因为他被公认为是奥茨国里最聪明的人。可是当他又仔细看过之后才发现，原来杰克的笑脸是被刻出来的，并不是他不想严肃。

陛下仔细地看了杰克一会儿之后，很好奇地问道："你是从哪里来的啊，你怎么变成活人的呢？""很抱歉，陛下，"看着陛下张着嘴，杰克面露难色，"我不明白你在说什么。"

"你什么地方没明白啊？"稻草人陛下看着杰克诧异地问。"我听不懂您的语言。要知道，我是从吉利金斯国来的，我是一个外国人。"杰克比划着，努力让稻草人陛下明白他的意思。"噢，对对对！"稻草人陛下也比划着说，"我讲的是曼基肯的语言，也是翡翠城当地的语言。你呢，我想，你大概也是讲自己的语言吧？""没错，尊敬的陛下，"杰克礼貌地回答道，"所以说，我们都听不懂对方说的话啊。""太遗憾了，"稻草人陛下说道，"要不我们找一个翻译过来吧。"

"什么是翻译呢？"杰克问。"就是一个懂得我们两个人语言的人，我说完话后，他能告诉你我说了些什么；而当你说完话后，他又会告诉我你说了些什么。因为这个翻译很厉害，他能讲两种语言，并且说得很好。""这个主意真是太好了。"杰克非常高兴地说，这真是又简单又聪明的办法，还能解决问题。

于是，稻草人陛下命令那个绿胡子士兵在他的臣民中立即找出一个既懂吉利金斯语又懂曼基肯语的人，并把这人带到宫里来。

当绿胡子士兵离开之后，稻草人陛下说道："我们慢慢等他，你还是坐一会儿吧。"

"尊敬的陛下，难道您忘了吗？我听不懂您说的话，"杰克答道，"如果您是希望我坐下来的意思，那您就必须做个手势，这样我才能明白。"

稻草人陛下从他的宝座上走开了，不一会儿，他搬了一把椅子放在杰克的身后。然后，他忽然猛推了一下杰克，这一下真是太猛了，使得杰克一下就摔坐在了椅子上，身体也弯曲得像把折刀，他费了半天劲才使自己恢复过来。

"现在你明白我是什么意思了吧？"陛下很客气地问道。"是的。"杰克说，他把手抬起来将自己的脸转到前面来。

"看来你的主人真的很粗心啊。"稻草人陛下说道，然后看着尽量让自己恢复过来的杰克。"是的，我跟尊敬的陛下很像。"杰克这样坦率地回答道。"可是，我们之间还是有不同之处的，"稻草人陛下说，"那就是我可以弯下腰去，而且不会断，而你呢，你会断的。"

正在这时，绿胡子士兵领着一个小姑娘来了，她长着一张好看的脸，有一双会说话的绿眼睛，披着柔顺的绿头发。她穿着一件轻巧的盖过膝盖的绿色绸裙，露出一条绣着嫩绿色豌豆荚的长统丝袜，她穿的绿缎子拖鞋上打的不是蝴蝶结或鞋扣，而是一捆捆的莴苣。她穿的丝背心上绣着苜蓿的叶子，外面还套穿着一件漂亮时髦的并且缀着闪光绿宝石的小夹克。

"哦，你是小吉丽亚·詹姆吧？"当那美丽的小姑娘向稻草人陛下低头鞠躬时，他问道，"你懂吉利金斯语吗，我亲爱的姑娘？""是的，尊敬的陛下，"她答道，"因为我是在北部国家出生的。"

"太好了，你来做我们的翻译吧，"稻草人陛下说，"你把我说的话的意思翻译给这位杰克先生听，然后，再把他说的话翻译给我听。""这样安排可以吗？"他转过头用征询的目光看着杰克。"非常好。"杰克回答道。

"现在就开始吧，"稻草人陛下转向吉丽亚，"你问问他，他到翡翠城来干什么？"

可是小姑娘并不翻译陛下说的这句话，她眼睛直直地盯着杰克说："你真是太惊人了。你的主人是谁啊？""他叫蒂普，是个粗心的蒂普。"杰克答道。

"他说了什么？"稻草人陛下问，"我的耳朵一定是出毛病了。他说了什么？""他说，陛下的脑子可能出问题了。"小姑娘一本正经地回答道。

稻草人陛下有一些不高兴了，他把他的左手支撑在他的头下。"能懂两种不同的语言真的是很厉害，"稻草人陛下困惑地说道，"你问问他，我亲爱的姑娘，他是否心甘情愿地被关进监狱里去，因为他侮辱了翡翠城的最高统治者。"

"我没有侮辱你！"杰克愤愤不平地说。"嘘——嘘！"稻草人陛下警告说，"你别插话，你要等着吉丽亚把我说的话翻译给了你你再说，要不我们请翻译来干吗呢？""好吧，我等着，"杰克阴郁地回答道，可是他的脸还像以前一样带着和蔼的微笑。"请翻译吧，小姑娘。"

"陛下问你你饿吗？"吉丽亚说。"啊，一点儿都不！"杰克兴奋地说，"因为我不用吃东西。"

"我也是，"稻草人陛下说，"他说了什么，吉丽亚，我亲爱的，你快翻译给我听。""他问您注意到没有，您的眼睛有一只画得大了些。"小姑娘调皮地说道。

"你千万别信她说的话，我尊敬的陛下。"杰克突然大叫起来。"嗯，我不会相信的。"稻草人陛下平静地回答道。然后，他严肃地对小姑娘说道："你真的懂得吉利金斯语和曼基肯语两种语言吗？""当然了，我尊敬的陛下。"小姑娘调皮地说道，并情不自禁地笑出声音来。

"可是，我怎么觉得我好像能听懂这两种语言呢？"稻草人陛下问。"因为它们属于同一种语言！"小姑娘忍不住高兴地大笑道。"我尊敬的陛下，难道您不知道，在奥茨国里只讲一种语言吗？""这是真的吗？"稻草人陛下吃惊地大叫起来，他这时才松了一口气，"这样的话，那我们自己就可以当翻译了！"

"这都怪我，我尊敬的陛下。"杰克抱歉地说，他看上去有些自责，"我以为，我们来自不同的国家，就一定会讲不同的语言。""你要引以为戒，以后别再这样自以为是了。"稻草人陛下生气地说，"除非你完全想明白了，否则你最好当哑巴——而你也很适合这样的角色。""是的！我是这样的！"杰克同意地附和道。

"依我看呀，"稻草人陛下更温和地继续说下去，"你的主人把你制造出来真是浪费材料了。""我同意你说的话，我也是这么想的，尊敬的陛下，可是，我并没有请谁来制造我呀！"杰克答道。

"嗯！我跟你是一样的，"陛下高兴地说，"既然我们跟平常人不一样，那么，就让我们成为好朋友吧，怎么样？""我完全同意！我真是太激动了！"杰克兴奋得大叫起来。"什么！难道你有心脏吗？"稻草人陛下吃惊地问道。"没有啊，这只是我的一种想象——也可以说，这只是一种说话的方法。"杰克答道。"好，你是用木头制造出来的木头形体，所以，我劝你最好抑制一下你的想象力，因为你没有大脑，所以你就无权这么做。"稻草人陛下告诫道。"是的，是的！"杰克说，可是他并没有听懂陛下的意思。

然后，稻草人陛下对吉丽亚·詹姆和绿胡子士兵说："你们回去吧，我要和我的朋友去玩一会儿，不要打扰我们"。然后，他就拉着杰克的胳膊，要带他到院子里去玩掷铁圈的游戏了。

吉尤尔将军的造反队伍

蒂普急切地想找到杰克和木马，他在去翡翠城的路上，一刻都没舍得休息。走了很长一段路之后，他觉得饿了，但是他准备的食物都已经吃光了。

正当蒂普想怎样解决饥饿这个紧急问题时，他无意中看到路旁坐着一个小姑娘。蒂普觉得她穿的那套衣服非常漂亮。她的丝背心是绿色的，裙子上有四种颜色——左边是蓝色、黄色和红色搭配在一起，而右边是紫色。背心前边结着四个扣子——依次是蓝的、黄的、红的、紫的。这身衣服虽粗俗但很好看，蒂普直愣愣地看了小姑娘半天，她长的太美了，她的脸蛋是他见过的最美的，可是，那张脸却露出不满和挑衅的神态。

当蒂普打量小姑娘时，她也在平静地看着他。她的身边放着一个盛食物的篮子，她正一手拿着夹心面包，一手拿着煮鸡蛋，津津有味地吃着，看到这些蒂普更饿了。

他刚想上前跟小女孩要点吃的，那女孩却站了起来，抖了抖裙兜上的面包渣说："我得走了。帮我提着那个食物篮子，如果你想吃，就自己在里边找吧。"

蒂普赶快拿起篮子，一边找东西吃，一边跟在小姑娘的身后往前走，半天没有跟她说一句话。她迈着坚定的步伐在他前边走着，显露出一种坚定和庄重，蒂普觉得她应该是一个很伟大的人。

蒂普终于吃饱了，在她身边小跑起来，他想努力地跟上她——可是这确实很困难，因为她比他高很多，而且走得很慌张。

"非常感谢您的美食，"蒂普一边小跑，一边说，"你能告诉我您的名字吗？""我是吉尤尔将军。"她简单地说。

"啊！"蒂普惊讶地说，"你是干什么的将军啊？""我指挥着参加这场战争的造反军队。"吉尤尔将军答道，语气显得非常严厉。

"啊！"他又叫起来，"我怎么没听说有战争啊？""你当然不会听说了，"她说，"因为我们一直是对外人保密的。而且，我们这支军队的成员全部是一些小姑娘，"她骄傲地补充道，"我们这支造反军没有被发现，是不是很奇妙啊。"

"当然，"蒂普说，"那么，你的军队驻扎在哪儿呢？""离这儿将近一英里。"吉尤尔将军神气地说，"这支军队是在我的命令下，从奥茨国的各个地方征调过来的。我们今天就要征服稻草人陛下，把他从宝座上赶下去，造反军正等着我的消息，我一到就可以朝翡翠城前进了。"

"好啊！"蒂普深深地吸了一口气说道，"真是太令人震惊了！不过，我倒是想问问你，你为什么要赶稻草人陛下下台呢？"

"首先是因为翡翠城一直被男人统治着，再有就是，城里有那么多美丽的闪光的宝石，可以把它们做戒指啦、手镯啦项圈啦等等漂亮的饰品；还有，在国王的宝库里藏有很多很多的钱，这些钱足可以给我们军队里的每个姑娘买好多的新衣服。所以，我们要征服稻草人陛下，我们想自己来管理这个城市。"吉尤尔将军说这些话时是那么的急切和坚定，看来她是很认真的。

"战争不是很可怕的事吗？"蒂普沉思地问。"可是这场战争会是很愉快的。"将军兴奋地说道。

"你们将会牺牲掉很多的人啊！"蒂普显然很害怕。"啊，别担心，"吉尤尔说，"我们都是姑娘，他们不会伤害我们的，何况，我的军队里都是清一色的美女。"

蒂普笑了。"也许你是对的，"他说，"可我听说那个门卫对陛下非常的忠诚，再说了，国王的军队也不会坐视不管的，不会把一个城市就这么白白送人了。"

"别在意那个皇家军，他是个又老又弱的人，"吉尤尔将军不屑地答道，"他把所有的精力都用在蓄养胡子上了，而他妻子的脾气很坏，她已经拔掉了他大部分的胡子了。当那个聪明的巫师统治这个国家时，绿胡子士兵是个很好的皇家军，因为大家都害怕巫师。可是现在大家都不害怕稻草人陛下，所以，他的皇家军在战争方面就弱了。"

等他们说完这些话后，他们就不再说了，而是默默地走了一会儿。没多久，他们来到了森林里的一块空地上，那里已经集合了几百名年轻的姑娘，她们在那儿有说有笑的，好像她们不是去打仗，而是去参加一次快乐的野餐似的。

她们被分成了四个连，蒂普还观察到，她们穿的制服都和吉尤尔将军的一样，唯一不同的是：来自曼基肯的姑娘，裙子前面扎着蓝带子；夸德林的姑娘，扎着红带子；温基斯的姑娘，扎着黄带子；吉利金斯的姑娘，扎着紫带子。她们都戴着绿色的腰围，表示一定要征服翡翠城，而且在腰围上部都有一个扣子，扣子的颜色标示这个人来自哪个国家。当她们集合到一起时，这些制服使她们看上去既合体又漂亮，而且非常有气派。

蒂普本来以为这支奇怪的军队没有任何武器呢，可是，他想错了。因为，姑娘们的头发后面都插着两根又细又亮的织针。

吉尤尔将军跑到了一个树桩上，开始对她的军队训话。"我亲爱的同胞们，美丽的姑娘们！"她说，"我们马上就要去征服稻草人陛下了！我们要征服翡翠城——把稻草人陛下赶下台，把华丽的珠宝夺过来，还要去抢掠皇家宝库，并且夺取我们从前被抑制的权力。"

"好啊！"姑娘们欢呼着，但蒂普又发现了，大部分姑娘们都在忙着闲聊，根本没有理会将军在说什么。将军一声令下，姑娘们组成了四个连，信心十足地向翡翠城出发了。

蒂普在她们后边紧跟着，手里还提着几个篮子以及那些姑娘们求他代管的行李。不久之后，他们就到达了目的地，在大门前面停下了。

门卫从里面走了出来，他好奇地看着眼前这些人，就好像他们是一个马戏团似的。他脖子上挂着一串钥匙，是用金链子穿起来的，他的双手很悠闲地插在裤兜里，看来他并没有意识到这个城市所面临的威胁。他热情地跟她们打招呼道："早上好，漂亮的姑娘们！我能帮你们做什么吗？"

"速速投降！"吉尤尔将军大声喊道，她站在他面前，紧皱眉头，尽量使自己显得很威严。"投降？"门卫很吃惊地嚷道，"笑话，不可能的！你不知道这是违法的吗？我还从来没听说过这样的事呢！"

"别说了，必须投降！"将军厉声说道，"我们已经造反了！""可是你们的样子也不像是要造反的人呀！"门卫疑惑地说道，眼睛不时地扫视着眼前的人。"我们没开玩笑！"吉尤尔将军跺着脚，坚定地叫道，"我们要统治翡翠城！"

"天哪！"门卫惊叫道，"这个想法是多么的糊涂啊！你们快回家吧，回家听妈妈的话，多干些家务活儿，去挤牛奶啦，做面包啦。你们知道你们这么做是多么危险吗？""我们不怕！"吉尤尔将军答道，她那十分坚决的样子，使门卫顿时不安起来。

于是，他立即摁了摁门铃叫绿胡子士兵，他再也不能轻敌了。说时迟那时快，姑娘们立即围了上来，她们迅速拔出头发后边插着的织针，然后向门卫的胖脸和眼睛刺去。门卫害怕了，他跪地求饶，吉尤尔将军迅速地从他脖子上摘下了那串钥匙，他并没有反抗。

吉尤尔将军带领她的姑娘们向大门冲去，这时，她们遇到了奥茨国的皇家军——也就是所说的绿胡子士兵。"站住！"他大叫一声，并用他的长枪对准了吉尤尔将军的脸。

有一些姑娘吓坏了，她们尖叫着往回跑，可吉尤尔将军却非常勇敢地站在那儿，轻蔑地对他说："你要干什么？你真的敢对我开枪吗？对一个没有自卫能力的姑娘开枪这不是欺负人吗？""当然不，"士兵答道，"我的枪里并没装子弹。"

"没有装子弹？"将军吃惊地说。"是的，因为我们怕发生意外。

再就是，我忘了把子弹藏在哪里和怎么把它装在枪里了。不过，如果你给我点时间准备的话，我想我一定会装好。"

"别麻烦了！"吉尤尔兴奋极了。然后，她对那些姑娘们喊道："姑娘们，他们的枪里根本就没有火药！""太棒了！"姑娘们大叫着，一窝蜂地冲向绿胡子士兵，奇怪的是，虽然她们人很多，但是她们的织针却不是胡乱扎的。这些皇家军害怕了，他们急忙转身，拼尽全力往回跑，他们冲过大门，向宫殿奔去。

吉尤尔将军带领她的姑娘们攻占了翡翠城，从此，她们成了翡翠城的统治者！

稻草人陛下准备逃跑

因为吉尤尔将军和姑娘们都忙着用织针挖墙上和道路上的珍宝，所以她们前进得非常慢。蒂普悄悄地离开了她们，他紧紧地跟在绿胡子士兵的后面，在翡翠城被占领的消息还没有传播开之前赶到了宫殿。

当绿胡子士兵冲进宫殿时，稻草人陛下和杰克正在院子里玩扔铁圈的游戏呢。绿胡子士兵冲进来时，没穿军装也没拿枪，衣服乱糟糟的，尤其当他跑起来时，那长胡子飘在身后有一丈多远。

稻草人陛下平静地说："怎么啦，我的士兵？""啊！陛下——尊敬的陛下！我们的城市被占领了！"绿胡子士兵气喘吁吁地说。"怎么这么突然，"稻草人陛下说，"不过，没事的，你先去把宫殿的所有门窗都关好，我还得去教南瓜人杰克怎么扔铁圈呢。"

士兵赶忙去了，这时蒂普也到了，他站在院子里，好奇地盯着稻草人陛下。稻草人陛下继续扔他的铁圈，就跟什么事都没发生一样，杰克一抬眼看见了蒂普，立刻以最快的速度奔了过去。"下午好，我亲爱的父亲！"他兴奋地叫道，"能在这儿看见您真是太高兴了。是那匹疯了似的木马把我带到这儿来的。"

"我真担心你啊！"蒂普关心地说，"你伤着了吗？有没有摔坏？""没有，我很顺利地到了这儿，"杰克说，"而且，稻草人陛下对我非常好。"

这时，绿胡子士兵回来了，稻草人陛下问道："快告诉我，是谁占领了我的城市？""是一支由很多姑娘组成的队伍，她们来自奥茨国的四个地方。"士兵答道，脸上还带着惊恐。

"那我的常备军在干什么呢？"陛下看着他严厉地问道。"他们都逃跑了。"士兵诚实地答道，"因为没人能抵抗得住她们可怕的武器。""好吧，"稻草人陛下想了一会儿说道，"我根本就不在意失去宝座，因为我不想当统治者，管理翡翠城真的很烦恼。再说了，这个王冠实在是太重了，我的头都被压痛了。我希望他们放过我，因为我不是有心要当国王的。"

"我听他们说，"蒂普吞吞吐吐地说道，"她们想用你的皮做块地毯，用你的内脏做沙发垫子。""那我岂不是要没命了，"陛下坚决地说道，"我看我还是想法逃走为上策。"

"你要去哪儿呢？"杰克问。"我，我可以去找铁皮樵夫呀，他是我的朋友，他统治着温基斯国，是那儿的皇帝，他一定会保护我的。"

蒂普看了看，说道："我们已经被她们包围了。现在想逃出去，已经迟了。她们会闯进来把你撕成碎片的。"稻草人陛下连声叹息。"现在是紧急时刻了，"他说，"不过，遇事要认真思考。先让我安静一会儿。"

"可是，我们也很危险呀，"杰克焦急地说，"只要有一位姑娘会做饭，那我的末日就到了！""废话！"稻草人陛下说，"就算她们都会做饭，那她们也忙不过来呀！""那我就会被扣在这儿当犯人了吧！"杰克反抗道，"那我真的就完了。"

"唉！你要是这样就不会有人跟你交朋友了，"稻草人陛下说，"不过，事情真的很严重。""你当然还能活很多年，"杰克哀怨地说道，"可我的生命是很短暂的。所以，我还是应当好好地过完我余下的这几天。""唉，唉！别急，"稻草人陛下安慰他道，"如果你给我时间让我想一想，没准我能想出什么好法子来呢。"

于是，所有的人都不说话了，他们耐心地等待着，稻草人陛下站在屋角里，面对着墙站了足有五分钟的光景。当他转过身来时，他的脸上显露出了喜悦的神情。

"你骑来的那匹木马在哪儿呢？"他问杰克。"他呀，我说他是珍宝，你的部下就把他锁到宝库里了。"杰克说。"我觉得那是个很合适的地方，尊敬的陛下。"士兵说道，生怕自己又被批评了。"太好了，"稻草人陛下说，"你喂过他了吗？""噢，是的，我喂了他好多吃的。""太棒了！"稻草人陛下大叫道，"快把它牵到这儿来。"士兵立即去牵木马，一会儿工夫，他们就听到了木马的蹄子踏在路面上的嘚嘚嘚的声音。

陛下从上到下打量了一下这个牲口。"他看上去没有我想的好，"他说道，"不过，我想，他跑得还挺快的吧？""是的，陛下。"蒂普赞赏地说道。"那好，我们就骑他，他必须冲过占领者的防线，把我们带到我的朋友铁皮樵夫那儿去。"稻草人陛下说道。"他载不动咱们四个人呀！"蒂普担心地说道。"是的，带三个总可以吧，"陛下说，"我可以把绿胡子士兵留下来。由于他轻易投降，所以，我对他也不抱什么希望了。"

"当然，他可以自己跑啊。"蒂普笑着说。"我会面对这个打击的，"士兵生气地说，"不过，我能挺得住。为了伪装自己，我要把我可爱的绿胡子刮掉。再说，骑上这样一匹烈性的、没经过专门训练的木马也不见得就会安全了！""也许你是对的，"陛下说道，"但是，对我来说，我更喜欢这种危险的挑战。现在，我亲爱的蒂普，你先爬上去。越往前坐越好。"

蒂普迅速地坐到了马脖子附近，士兵和稻草人陛下帮助杰克紧紧地坐在他后面。稻草人陛下坐上去时剩下的地方已经非常小了，马一走动，他可能马上就会掉下来。

"去找一根布条来，"国王命令士兵，"然后把我们绑在一起。这样，只要我们有一个掉不下去，其余的都不会掉下去的。"

当士兵去找布条时，陛下接着说："我一定要小心点才好，因为我的处境很危险。""我也得小心才行。"杰克说。"咱俩可不一样，"稻草人陛下说，"我一旦出了事，那就彻彻底底完蛋了。而你，说不定你会成为农民的种子呢。"

士兵拿着一根长长的布条回来了，把他们三个结结实实地绑在一起，然后又把他们紧紧地绑到木马背上，这样看来，他们就安全多了。

"现在，把所有的门都给我打开，"稻草人陛下命令道，"我们要一鼓作气地冲出去，是活是死就在此一举了。"

他们所在的这个地方，正好位于大宫殿的中心。只有一个出口通向外边的大门，士兵按照国王的命令已经把门关上了。陛下现在就准备从这个通道冲出去，士兵把木马牵到通道口，打开了大门发出哗啦的声响。

"现在，"蒂普对木马说，"只有你能救出我们大家了。你要排除一切干扰，用最快的速度把我们带出城门。""好吧！"木马面无表情地回答着，然后猛跑起来。蒂普都紧张的喘不过气来了，他紧紧抓着他安在马脖子上的那根小木棍。

几个看守宫殿城门的姑娘被木马撞倒了。除了两个姑娘拿着织针朝他们冲过来外，其他的姑娘都尖叫着跑开了，蒂普的左胳膊被扎着了，疼了好半天。但这些织针对稻草人陛下和杰克却没有起到什么作用，因为他们根本感觉不到疼痛。

而木马呢？他做得出色极了。他连着撞翻了一辆水果车，撞倒了几个胆小的乱跑的男人，最后，冲过了吉尤尔将军安排的新门卫——一个漂亮的、胖胖的姑娘的阻挡。这匹猛烈的战马并没有停下来。当他们离开翡翠城城墙的时候，他以更快的速度地向西跑去，在去找铁皮樵夫的旅途上，他那飞快的速度使蒂普喘不上气来，也使稻草人陛下感到吃惊。

杰克已经领教过这种狂奔的速度了，所以，他只是紧紧地抓住他前面的蒂普，以哲学家的气度忍受着疯狂的颠簸。"慢点！慢点！"稻草人陛下大叫着，"我的草都颠到腿里去了。"而此时蒂普已经说不出话来了，所以，木马一如既往无任何约束地狂奔着。

这时，他们飞奔到了一条大河堤上，可木马却没有一点要停的意思，他纵身一跃，就把大家带到半空中去了。最后，他们全都掉进了水里，他们漂浮着，翻滚着，碰撞着，木马想在水里找到一块落脚的地方，可是他的同伴们一会儿沉到水下，一会儿又漂在水上，像软木塞似的。

蒂普全身都湿透了，到处都在滴水，可他还是想出办法对着木马的耳朵大叫道："冷静点，你这笨蛋！冷静点！"木马立刻停止挣扎，安静地在水面上漂着，因为它是木头做的，所以身体能像筏子一样浮着。

"'笨蛋'是什么意思？"木马问道。"就是一种埋怨的意思，"蒂普答道，他也觉得自己的解释太牵强了，"我在生气的时候会用到它。"

"这么说，我也可以叫你笨蛋了，"木马说，"因为，河不是我造的，也不是我放在这的。所以，只有那些因为掉进河里而生我气的人才是笨蛋。""对不起，"蒂普说，"我愿意承认我的错误。"然后，他对杰克叫道："你呢，杰克？"

杰克没有回答。蒂普又问国王："你呢，尊敬的陛下？""我也不知道，我也许真的不太对头。"他用细小的声音答道，"这水太凉了！"

由于绳子绑得太紧，所以蒂普没法回头看自己的伙伴，于是他对木马说道："尽量划到岸上去。木马听话地照做着，虽然他们前进的速度有点慢，但最后总算是成功地到达了彼岸，他们找到一个海拔很低的地方，以便让木马爬到陆地上去。

蒂普费劲地从衣服口袋里掏出一把小刀，割断了绑他们的布条，他听见什么东西从马上掉到地上发出了沉闷的声音，他立刻跳下木马去看看究竟发生了什么事。

杰克的木头身体仍然直直地坐在马背上，可是他的南瓜头却不见了，只有那根插南瓜头的棍子还立在那。至于那个稻草人陛下嘛，他身体里的稻草全都在刚才的一颠一簸中掉进他的两条腿里去了，所以他的下半身圆鼓鼓的，而上半身却空空的。他的头上还戴着那个沉重的王冠，他因为怕王冠丢了特意把它缝在头上了，而他的头是又湿又没力气，那王冠上沉重的黄金和珠宝向下压着，把这张脸压成了一堆皱纹，他现在看上去就像一只狮子狗似的。

蒂普如果不是担心他的杰克的话，他真要忍不住大笑了。可稻草人陛下，不管怎么样，部件总还都在，而对杰克来说最重要的南瓜头却不见了，蒂普沿着原路返回，去寻找杰克的南瓜头。他一眼就看到了在远处的水面上金黄色的南瓜头，正随着水的波动来回漂浮。蒂普幸运地找到一根长杆，但现在蒂普还够不着它，等了半天，它慢慢漂近了，蒂普终于用长杆把它拖上岸来。然后，他把它拿到堤顶上，用手帕小心翼翼地擦掉了南瓜脸上的水，然后把它拿到了杰克跟前，帮他安上了南瓜头。

"天哪！"杰克终于说出一句话来，"这是一次多么可怕的经历呀！我还不清楚，这次经历会不会毁了南瓜头？"

蒂普没有回答他的问题，因为他还要去帮助稻草人陛下呢。他慢慢地拔出了稻草人陛下身体里和腿里的草，平铺在地上让太阳晒干，又把那身湿衣服搭在木马身上晾干。

"如果这河水能毁了南瓜头的话，"杰克深深地叹着气说，"那我的末日就到了。""我还从来都没听过水能毁了南瓜的，"蒂普说道，"除非是烧开的水。只要你的南瓜头没摔坏，你就一点儿事都没有，放心吧。""啊，我的头没坏，很好。"杰克高兴地说。"那就别担心了。"蒂普说。"现在，我应该高兴才是。"杰克一脸严肃地说。

他们的衣服很快被晒干了，蒂普使劲地抖了抖稻草人陛下的稻草，好让里面的潮气都被太阳晒干，使它像原来那样蓬松。等一切都准备好了之后，他把稻草人陛下又按原来的样子装了回去，把他脸上的皱纹也弄平展了，使得稻草人陛下跟以前一样愉快、轻松。

"非常感谢你。"稻草人激动地说，他来来回回走了好几趟，发现自己比以前还好，"当个稻草人陛下有几个非常有利的优点，最重要的就是，只要你身边有好朋友帮你修理被损坏的地方，那你就什么危险的事情都不会发生。"

"我不确定太阳是否会晒裂我的南瓜头。"杰克焦急地问道。"不会的、不会的！"稻草人陛下兴奋地说道，"我的孩子，现在，你唯一需要担心的就是年老。当属于你的黄金期一过，那我们就不得不分手了——不过，你也不用过于担心，当我们发现这一点时，我会告诉你的。现在，让我们继续赶路吧。我太想快点看到我的铁皮樵夫朋友了。"

于是，他们又骑上木马，蒂普紧紧地抓着木棍，杰克紧靠着他，而稻草人陛下则紧紧地抱着杰克的木头身子。

"别着急，走的稳点儿，我们现在没有什么危险了。"蒂普对木马说道。"好吧！"木马仍然用很生硬的语气回答。

"你的嗓子怎么啦？"杰克有礼貌地问道。木马生气地大步前进，并转动一只有节疤的眼睛回头看蒂普。"你听听，"他咆哮着说，"别人在侮辱我时，你为什么不保护我呢？"

"我当然得保护你！"蒂普平静地说，"不过，我明白，杰克并不是有心的。再说了，我们吵架是不对的，你知道吗？好朋友是不吵架的。"

"我和那个杰克再也不是朋友。"木马恶狠狠地说，"他的脑袋那么轻易的就丢了，多令人讨厌呀。"大家都没有搭腔，就这样，他们默默地走了一段路。

不一会儿，稻草人陛下又说道："这个地方能使我记起过去的日子。当时在这多草的小山头上，我曾经救出多萝茜，她当时被西部坏巫婆放出的大马蜂所攻击。"

"那些大马蜂会伤害我吗？"杰克惊慌地看了看四周。"它们都死了，所以不用担心。"稻草人陛下答道，"而且，尼克·乔波在这里战胜了坏巫婆的大灰狼。"

"尼克·乔波是谁呀？"蒂普问。"我的朋友，就是铁皮樵夫的名字。"稻草人陛下答道。"在这里那些长着翅膀的猴子抓住了我们，并把我们绑起来，可小多萝茜逃走了。"又走了一会儿，他继续说道。

"长翅膀的猴子吃南瓜吗？"杰克吓得打了个冷战。"我不清楚，不过，你也用不着担心，因为，那些长翅膀的猴子现在都成了格琳达的奴仆，她有一顶金帽子，她靠它来指挥那些奴仆。"稻草人陛下沉思着说道。说完，国王陛下就陷入了对从前冒险事件的回忆中。木马载着骑士们一摇一摆地走过这片鲜花地，迅速地前进着，继续他们的行程。

　　夜色降临了，渐渐地，黑夜笼罩了一切。蒂普让木马停了下来，他们全都下了马。

　　"我太累了，"蒂普细声说道，"这儿的草地又软又凉快，我们可以躺在这儿，一觉睡到大天亮。"

　　"我从不睡觉。"杰克说。"我也从不睡觉。"稻草人陛下说。"我更是连睡觉是什么都不知道。"木马说。"可是，我们得为蒂普着想啊，他可是有血、有肉、有骨头的，他已经累了，"稻草人陛下提议道，脸上还是他通常有的沉思的表情，"我记得，小多萝茜就睡觉。每到晚上她都睡觉，我们就整夜坐着。"

　　"对不起，"蒂普不好意思地说道，"我真的支撑不住了，而且，我还很饿！""又是一个危险信号！"杰克阴郁着说，"你不会想吃南瓜吧。""不，除非是南瓜馅饼，"蒂普笑着答道，"所以，你不用担心，我的杰克。""杰克就是一个胆小鬼！"木马责备道。"如果你知道你将会牺牲的话，你就更是个胆小鬼了！"杰克生气地反驳道。

　　"好了！好了！"稻草人陛下说，"别吵了。我们每个人都有缺点，所以，亲爱的朋友们，我们应该多为别人想想。而且，既然可怜的蒂普饿了，而我们又没有东西给他吃，那我们最好保持安静，让他睡一觉，因为古话说得好，睡着了就会忘记饥饿的。"

　　蒂普对于稻草人陛下的体贴非常感动，他激动地说："太感谢您了，尊敬的陛下，您不但是个聪明人，而且还是个好心人。"说完，他就躺在稻草人陛下的怀里睡着了，因为既温暖又舒服，所以他睡得很香。

一个镀镍的皇帝

蒂普醒来后，稻草人陛下已经为他准备好了早餐。蒂普高兴地吃了早餐，又踏上了他们的旅程。

赶了有一个小时的路后，他们来到了一座小山顶，在那里，他们隐约看到了温基斯城和高高的圆圆的皇帝宫殿的屋顶。

看到这些，稻草人陛下马上变得活跃起来，大叫道："我又能见到我的老朋友铁皮樵夫了，我是多么高兴呀！我希望在他治理下的国家和人民能够富强和安乐！"

"铁皮樵夫就是温基斯城的国王吗？"木马问道。"是的，你说对了。他打败了坏巫婆王，那里的人们邀请他来统治这个王国。而且，尼克·乔波是这个世界上心地最善良的人，我相信他已经证明自己是个有非凡才能的皇帝了。"

"我觉得'皇帝'这个词应该是统治一个帝国的人的称号，"蒂普说，"而温基斯只是一个小王国呀。""你可别跟铁皮樵夫提这个问题！"稻草人陛下严肃地说，"那样，你就太伤害他的自尊了。他可是一个很要强的人，再说了，他做每一件事都有他的理由，他高兴被称为什么就被称为什么吧。""可是，我觉得它们没什么区别啊！"蒂普答道。

这时，木马跑的速度加快了，以致其他人在木马背上都快颠散了。所以，在到达宫殿的台阶之前，大家都没再说一句话。

一位年老的、穿着银色制服的温基斯人走了过来，他把他们一个个扶下了马。稻草人陛下对这个重要人物说道："快带我们去见我的朋友，你的皇帝陛下。"

老者难为情地看看这个，又看看那个，最后说道："恐怕你们得等上一阵子了。因为皇帝陛下今天早上谁也不接见。"

"到底怎么回事？"稻草人陛下着急地问，"他不会出了什么事吧。""啊，不，也没出什么严重的事，"老者答道，"只是今天是皇帝陛下的擦洗日，可就在今天，他那神气的容颜被厚厚的润滑油给弄脏了。"

"啊，我知道了！"稻草人陛下信心十足地说道，"我的这个朋友以前就被公认为是个花花公子！我猜想，他现在一定比过去更注意自己的容貌了。""是的，确实是这样，"老者一边说，一边有礼貌地鞠了个躬，"我们尊敬的皇帝陛下最近给自己身上镀了镍。"

"啊，真的吗？"听到这儿，稻草人陛下大叫道，"如果他的聪明才智也同样镀了镍的话，它会放出多强的光辉呀！不过，你还是带我们进去吧，我相信皇帝陛下会很愿意接见我们的，即使在他不想见人的情况下。""皇帝总是很威严的，"老者答道，"不过，我会大胆地去跟他通报您的到来，然后，执行他的命令。"

于是，这几个人就跟着老者走进了一间很奢华的客厅，木马也摇摇摆摆地跟进来了，因为他不知道马是应该在屋外待着的。

最开始，这一队人马对周围的一切感到无比的敬畏，就连稻草人陛下也不例外，当他看到那些用银色的布做成的花结、用小银斧钉在墙上的精美的装饰品时，感到非常惊奇。在房子正中间一张美丽的桌子上面，放着一个很大的银油罐，那上面刻的是铁皮樵夫和多萝茜、胆小的狮子和稻草人陛下以前的冒险历程，雕刻的每一个线条都是用金银镶成的。墙上还挂着几幅画像，其中稻草人陛下那张看上去很突出，而且是精心画成的。那里最大的一幅画是奥茨国里有名的巫师，画面上，他正在给铁皮樵夫安一颗心，这幅画几乎占满了房间尽头的整面墙。

当这一大队人马正怀着敬仰的心静静地看着这一切时，他们猛地听到隔壁房间里有人大声喊道："太好了！太好了！真没想到啊！"紧接着，门被猛地打开了，尼克·乔波冲进他们中间，紧紧地、热烈地拥抱住稻草人陛下，他身上立刻出现了很多皱纹。"我亲爱的朋友！我尊敬的朋友！"铁皮樵夫兴奋地大叫道，"我真高兴，又见到你了！"说完，他放开了稻草人陛下，握着他的手，仔细地端详着这张可爱的、画出来的脸。

哟，不得了了！稻草人陛下的脸上和身上有好几处都沾上了大块大块的润滑油，因为铁皮樵夫太高兴了，他只顾得热诚地欢迎他的朋友，却忘了他正在梳洗打扮，所以把润滑油都沾到稻草人身上去了。"我的天啊！"稻草人陛下难过地说，"我怎么变得这么脏了！"

"没事的，我尊敬的朋友，"铁皮樵夫答道，"我带你到我的御用洗衣房去，等你洗好出来时还和以前一样。"“我不会被洗坏吧？"稻草人陛下问。"不，当然不会了！"皇帝答道，"不过，请你告诉我，尊敬的陛下，你为什么会到我这儿来呢？这些人都是谁呢？"

稻草人陛下很有礼貌地把蒂普和杰克介绍给他，铁皮樵夫对杰克很感兴趣。"我看你身子骨有点弱啊，"皇帝说，"不过，我想你应该很不一般，所以，我邀请你成为我们这个国家的一员。"“非常感谢，陛下。"杰克礼貌地说道。

"你身体怎么样？还好吧？"铁皮樵夫问道。"目前还不错，"杰克答道，可他又叹了一口气，"不过，我总担心自己有一天会牺牲了。"“瞎说！"皇帝说——不过语气是友好的充满同情的，"我劝你最好不要这样想，因为总这样担心真的会出事的。再说了，在你的南瓜头被毁之前，你可以把它做成罐头，那样的话，你就能够永远保存它了。"

当他们谈话时，蒂普好奇地把铁皮樵夫上上下下打量了一番，他发现这个有名的温基斯的统治者完全是由一块一块的铁皮组成的，这些铁皮被整齐地焊接在一起，然后铆成了人形。当他走动时，会发出嘎嘎的响声。不过，总的看来，他被做得很好，现在的他也只是由于全身涂了一层厚厚的润滑油而被弄脏了。

蒂普的打量使铁皮樵夫觉得自己的处境不妙，因此，他请这些朋友原谅他，说完他就回到自己的房间去了，并且让仆人给他擦光。没用多长时间，这件事就做好了。当他再次回来时，他那镀了一层镍的身体更显得神采奕奕了，就连稻草人陛下都衷心地叹服他的威武。

"我承认，镀镍这种想法很不错，"尼克说道，"对我来说，这很重要，因为在以前的冒险经历中我曾受了一些伤。你们看我左胸上刻的这颗星，它不但标志着我那高贵的心脏的位置，同时，它还巧妙地遮盖了那神奇的巫师灵巧地给我往身体里安放心脏时所留下的那块伤疤。"

"这么说，你的心像一把手摇风琴了？"杰克好奇地问。"不是的，"皇帝严肃地答道，"我确定，这是一颗很正常的心，只是它比一般人的心更大更热些。"然后，他转过来问稻草人陛下："你的子民们生活得怎么样？应该很快乐、很满意吧，我亲爱的朋友？""我不能骗你，"稻草人陛下答道，"因为，奥茨国的姑娘们起来造反，她们把我赶出了翡翠城。"

"什么，怎么会有这种事！"铁皮樵夫吃惊地叫道，"这是怎样的灾难呀！她们肯定是对你那聪明、仁慈的统治方法不满吧？""不是的，他们说我统治得很糟糕，"稻草人陛下答道，"而且，她们认为，男人统治的时间太长了。所以，她们占领了我的城池，抢走了我的全部珠宝，并且她们现在正在管理国家的一切。""我的天！她们的做法太过分了吧！"皇帝被震惊了。

"我还听她们中的一些人说，她们也要来这夺取铁皮樵夫的城池呢。"蒂普说。"啊！我们要阻止她们这么为非作歹。"皇帝气愤地说道，"我们应马上动身去夺回翡翠城，让稻草人陛下重新当他的国王。""我早就知道你肯定会帮助我的，"稻草人陛下高兴地说，"你的队伍有多强大呢？""我们根本就用不着队伍，"铁皮樵夫说，"只要我们四个人就行，凭着我这把光闪闪的斧子，就能让那些造反者吓破了胆。"

"我们是五个人。"杰克纠正道。"五个?"铁皮樵夫疑惑了。"是的，还有木马，它又勇敢又无畏。"杰克答道，他忘记了不久前他还和这四脚兽吵了嘴。

铁皮樵夫困惑地向周围看了看，因为木马一直安静地在一个角落里站着，所以皇帝没注意到他。蒂普马上叫这个怪模样的四脚兽走过来，可是它走起来是那么的可怕，差点碰倒了房子中间那张美丽的桌子，也险些碰倒了油罐。

"我一开始还以为，"铁皮樵夫看着木马认真地说道，"这个怪模样的东西永远都不会停下来呢！它是怎么做出来的?""是我用一种魔术粉把它变活的，"蒂普诚实地答道，"而且，他对我们来说用处很多。""对，它曾帮助我们逃出了造反者的攻击。"稻草人陛下补充道。

"这么说，它就是我们的一个重要的同伴了，"皇帝说，"一匹活木马，这当然算是一件新奇的事了，而且值得我们认真研究。它懂事吗?""嗯。我没有很多的生活经验，"木马为自己解释道，"不过，我会很快学会一些东西的，而且，我总认为，我是这些人中懂得最多的。""也许你是对的，"皇帝说道，"因为有经验并不意味着就够聪明。不过，我们得抓紧时间，为我们的旅行做好充分的准备。"

然后，他叫来了他的大法官，告诉大法官当他不在的时候应该怎么管理国家。

稻草人陛下被人领走了。御用洗衣房的师傅们小心地洗净了他的头——麻袋，又把大巫师给他安装的脑子装了进去，皇家裁缝把他的衣服也洗净、熨平了。因为铁皮樵夫劝他不要放弃国王的标志，他的王冠也被擦亮了，重新被缝在头上。稻草人陛下现在又恢复了威风凛凛的样子，从他在屋里大摇大摆地走路的神气中，可以看出他对自己还是很满意的。

当那些人忙着装扮稻草人时，蒂普修好了杰克的手脚，使杰克看起来比以前更结实了。他还仔细地检查了木马，看它是否有什么问题。

第二天，天刚蒙蒙亮，他们一队人马就动身了，铁皮樵夫扛着他闪闪发光的大斧子走在最前边，蒂普和稻草人陛下分别走在木马的两旁，保护着杰克，以防止他掉下来。

T．E蟑螂绅士H．M先生

　　吉尤尔将军对于稻草人陛下从翡翠城里逃跑这件事，一直耿耿于怀。她这么害怕是有道理的。现在，如果稻草人陛下联合铁皮樵夫一起对付她的话，那她以及她的军队会非常危险，因为奥茨的臣民们没有忘记，是先王率领他的军队，克服了那么多的危险，经历了很多的磨难，才使他们过上了安定的生活。为此，吉尤尔将军向老莫比这个巫婆发了一封告急信，并答应给她一大笔钱，前提是她必须来帮助自己。

　　莫比对蒂普耍弄她，并在逃跑时顺手偷走了她宝贵的生命粉感到异常愤怒。所以，她根本不用人求助就跑到翡翠城来准备帮助吉尤尔，她企图打败那一大队人马，因为他们是蒂普的朋友。

　　莫比刚进宫不久，就凭着她的秘密魔法，得到了那些冒险者要向翡翠城进军的消息，于是她赶紧躲进一间搭在塔顶上的小房子里，并把自己反锁在里面，然后开始施展她的魔法，企图阻止稻草人陛下他们回到这里来。

　　这也就是为什么铁皮樵夫在这时停下来的原因。他说道："太可怕了。对于这条路，我是万分熟悉的，可现在，我的直觉告诉我，我们已经迷路了。"

　　"怎么可能呢！"稻草人陛下不解地问道，"我亲爱的朋友，你凭什么认为我们迷路了呢？""你看，现在，在我们面前的是一大片向日葵地——可是以前我从来没见过这儿有这样一片地。"

　　听他说完，其他人不由得朝周围看去，可不，他们现在确实被许多高大的向日葵秆包围着，每根秆顶上都长着一朵硕大的向日葵。这些向日葵的颜色很难分辨出来，而且，每朵向日葵都像一个小风车似的，在秆顶上不停地旋转着，让人眼花缭乱，所以，他们根本就不知道该往哪条道上走。

　　"这是魔法！"蒂普大叫道。正当他们在那儿犹豫、不解时，铁皮樵夫不耐烦地大叫了一声，然后抡起斧子就朝他面前的向日葵秆砍去。就在这时候，向日葵不转了，他们清清楚楚地看到，每朵花的花心里都映出一张小女孩的脸。这些美丽的笑脸看到他们惊慌失措的表情时，竟齐声大笑起来。

　　"住手！住手！"蒂普拽着铁皮樵夫的胳膊大喊道，"别伤害他们！她们都是姑娘，而且都是活生生的人！"与此同时，向日葵又开始旋转起来，那些笑脸也在飞快的旋转中消失得无影无踪了。

　　铁皮樵夫把斧子扔在地上，他一屁股瘫坐在地上。"我也不忍心砍死这些可爱的姑娘啊！"他无力地说道，"可是，我想知道，我们怎么才能走到正路上去呢？"

　　"我觉得奇怪，我怎么感觉她们像那支造反军呢？"稻草人陛下说，"而且，我很纳闷，她们怎么能用这么快的速度追上我们呢？"

"这应该是魔法，"蒂普确信地说，"肯定有人在背后对我们施展魔法。我知道，老莫比以前就做过这样的事。可能，这也只是一种幻觉，压根儿就没有什么向日葵出现。"

"那我们就把眼睛闭上，然后继续往前赶路吧。"铁皮樵夫建议道。"我很抱歉，"稻草人陛下说，"我的眼睛一开始画的就是睁开的。而你却不一样，我怎么办呢？""木马的眼睛跟我们也不一样，它是两个节疤。"杰克走过去检查道。"即便这样，你也必须骑着它快点向前跑，"蒂普命令道，"我们在后面跟着你，拼命往前跑，现在我的眼睛已经花了，快要看不清东西了。"

于是，杰克骑上木马向前走去，蒂普紧抓着木马尾巴，闭着眼摸索着跟在后边，稻草人陛下和铁皮樵夫随后。走了没多远，他们忽然听到杰克大叫的声音，原来在他们面前出现了一条路。待大家停下回头看时，一点向日葵的踪迹都看不见了。

于是他们继续赶路。可是，老莫比没放弃，她又改变了周围的景色，在困境中聪明的稻草人陛下靠着太阳确定了正确的方向，他们再也不会迷路了，因为任何巫术都改变不了太阳所在的方向，这是最保险的向导。

可是，困难还会时不时地出现在他们面前。木马一脚踩进一个兔子洞里，摔倒在地上。杰克的南瓜头被高高地抛向空中，幸亏被铁皮樵夫稳稳地接住了，否则杰克的末日就真的到了。

蒂普迅速地把南瓜头给杰克安好了，并且帮杰克站了起来。可木马却很糟糕，因为他把腿从兔子洞里拔出来之后，他们发现它断了一节，现在的情况是，必须为它换条新腿或者加以修理才能赶路。

"这下可麻烦了，"铁皮樵夫说，"这要是在森林附近，我们就能很快地给它安一条新腿了，可这个地方，方圆几英里都看不见一丛灌木。""而且，在这个地方，既没有篱笆也没有房子。"稻草人陛下遗憾地补充道。"那可怎么办啊？"蒂普问道。"我想，是该我开动脑筋的时候了，"稻草人陛下说道，"因为经验告诉我，只要给我点时间好好地思考，什么事情都难不倒我。"

"让我们大家一起来开动脑筋吧，"蒂普说，"没准我们能想出好办法来呢。"于是，他们并排坐在草地上，开始想办法，木马却在一旁伤心地看着自己的坏腿。"腿受伤了吗？"铁皮樵夫柔和且同情地问道。"没有，"木马答道，"可是我的尊严却伤到了，因为我发现我的肢体真是脆弱得很。"

他们又陷入了默默的沉思之中。这时，铁皮樵夫忽然抬起头来，朝地里望去。"你们看，朝我们走过来的那个东西是什么呀？"他惊奇地问道。其他人顺着他的手指方向望了过去，他们发现以前从未见过的一个怪物朝他们走来。它迅速地走过了松软的草地，不一会儿就站在了他们的面前，并且对他们也表示惊讶。

稻草人陛下跟以前一样，还是那么平静。"早上好！"他礼貌地招呼道。

那怪物用手一挥摘下帽子，深深地鞠了一躬，然后答道："大家早上好，我希望你们大家全都身体健康。这是我的名片。"说着，它就递给稻草人陛下一张名片，稻草人陛下礼貌地接过来，翻来覆去地看了几遍，然后摇摇头把名片递给了蒂普。

蒂普大声读道："T. E 蟑螂绅士 H. M 先生。""我的妈呀！"杰克惊奇地大叫道。"太独特了！"铁皮樵夫说。

蒂普的眼珠吃惊地转了又转。而稻草人陛下却叹了一口气后把头扭到了一边，"你就是蟑螂绅士吗？"稻草人陛下好奇地问。"当然了，我亲爱的先生！"那怪物敏捷地回答道。"名片上不是写得很清楚吗？""是的，"稻草人陛下说，"不过，我想知道'H. M'是什么意思？""'H. M'就是高度放大的意思。"蟑螂绅士骄傲地说道。

"啊，我明白了。"稻草人陛下用不屑的眼光看着这个陌生人，"而你，真的是被高度放大的吗？""先生，"蟑螂绅士说，"我可是觉得你是一个有极强分析力和辨别力的人，所以，你应该能看得出，我比你见过的其他蟑螂绅士要大很多很多，我显然是被高度放大的，你还用怀疑这个事实吗？""很抱歉，"稻草人陛下说，"自从我的脑子上次被洗了之后，一直都很乱。那么，我能否问问你，你名字最后的那个'T. E'是什么意思呢？""那些字代表了我的受教育程度，"蟑螂绅士骄傲地微笑着答道，"更确切一点儿说，这两个简写字母代表着我是受过完全教育的。""啊！"稻草人陛下放心地应了一声。

蒂普的眼睛一直盯着这个怪物——一个又大又圆的像蟑螂的身体，被两条细细的腿支撑着，腿下的脚很纤细，脚指头向上翻卷。它的身体又平又直，背部发出深褐色的亮光，前面是一条褐白两色交杂组成的狭带，到了边缘又混合了起来。它的胳膊跟腿一样细，一根长脖子支撑着它的脑袋——跟人的头的区别之处是鼻子尖上多长出一个带弯的触角，也可能是"感官"，它的耳朵是长在头顶两侧的两根触须，就像两根弯弯的猪尾巴，它那两只又圆又黑的眼睛向外凸出着。

不过，他表现的还是很有礼貌的。

这个怪物上身穿一件蓝黑色的燕尾服，黄绸做里，纽扣眼上还打了一朵花；一件白帆布背心紧紧地套在他宽大的身体上；浅褐色的长毛绒灯笼裤，在膝盖处用镀金扣子束了起来；头上还戴了一顶时尚的高筒绸札帽。

蟑螂绅士直直地站在这群被吓到的朋友面前显得很高，就像铁皮樵夫一样。当然了，在奥茨国里从来还没出现过这么大的蟑螂。

"我承认，"稻草人陛下说，"我们对于你的突然出现感到十分惊讶，我希望，我们不会影响到你的情绪，我们也会慢慢地习惯你的。"

"没关系，"蟑螂绅士微笑着说，"你们能震惊，我还是非常高兴的，很显然，我跟一般的昆虫不一样，但是，我注定要让那些见到我的人好奇而且羡慕。""确实是这样。"稻草人陛下赞同道。

"我能坐在你们这些高贵的伙伴中间吗？"蟑螂绅士说，"我非常愿意跟你们聊聊我的故事，这样的话，你们就会明白我为什么会这样非凡的出现——我能用非凡这个词吗？""当得到铁皮樵夫的肯定后，蟑螂绅士讲起了他的故事。

一段高度放大的历史

　　螳螂和众人说起了他以前的生活。他说他从前是一只很普通的蟑螂，用胳膊和腿一起走路，每天在石头缝里爬或者在草根里躲着，除了解决吃的问题和住的问题外，他什么也不想。

　　接着他说："因为我没有衣服穿，所以，在寒冷的夜里，我常常会被冻得麻木了，可是每天早上醒来，温暖的阳光照耀着我，又给了我新的希望，让我恢复了活力。这种生活虽然很可怕，但是，你们要知道，这才是蟑螂的真实生活，也是世界上其他昆虫的真实的生活。"

　　"虽然我地位低下，但是运气极好！命运偏偏青睐于我。有一天，我爬到一个学堂附近，学生们读书的嗡嗡声吸引了我的脚步，我壮着胆子爬了进去，顺着木板缝一直爬到头，看见在一个炉子前边的桌旁坐着一个老师。没有人会注意到像我这样的小东西，当我发现炉子里的火比太阳光更温暖更舒适时，我就决定要把我的家建在那里。我在两块砖之间找到了一个非常合适的地方，于是就在那里住下了。"

"诺威托尔教授是奥茨国里最有学问的学者，在那儿住了没几天，我就开始跟他的学生一样，听他讲课。他们谁都没有我这个卑微的、不被注意的蟑螂听得认真，就这样，我学到了很多的知识，连我本人都觉得这是一个奇迹。以上就是我为什么要把'T. E'——受过完全教育写到我名片上的原因。我为成为世界上最聪明的蟑螂而骄傲，因为再也不会有任何一只蟑螂的知识和学问能超过我。"

"我并不想责备你，"稻草人陛下说，"接受教育本来就是一件值得自豪的事，我就是靠自己学习的。伟大的巫师赐与我的脑子，我的朋友们却并不看好。""话虽如此，"铁皮樵夫插嘴道，"我还是认为，有一颗美好的心灵比接受教育和有一个聪明的大脑要强得多。""不过，对于我来说，"木马说道，"最重要的是要有一条好腿。""种子也可以被看做是脑子吗？"杰克突然发问。"别说话！"蒂普呵斥道。"是，我亲爱的父亲。"杰克听话地回答。

蟑螂绅士仔细地听着甚至是用心地听着——这些议论，然后，他接着讲自己的故事。"我在教室里那个炉子旁一待就是三年，"他说道，"我贪婪地汲取着流进我大脑里的知识营养泉。"

"相当有诗意。"稻草人陛下赞美地说道，而且频频地点头。

"直到有一天，"蟑螂继续说道，"一件不平常的事发生了，我的生活被改变了，它使我登上了伟大的顶峰。"

"那天，正当我爬过炉子时，被教授发现了，我刚要逃跑，就被他给捉住了。'亲爱的孩子们，'他说，'你们看我捉到一只什么，是蟑螂——一只罕见的、有趣的标本，你们见过蟑螂吗？''没有！'孩子们齐声答道。'那好，'教授说，'等着我，我要把我的著名的放大镜拿来，把这只蟑螂高度放大到银幕上，这样的话，你们就能更清楚地研究它的结构和生活习性了。'说完，他就从一个柜子里拿出一个很奇怪的装置，在我还没反应过来的时候，我就被教授高度放大到一个银幕上——就像我现在这样。"

"学生们都一齐站到他们的凳子上，往前探着头，他们想把我看得更真切一些，有两个小姑娘甚至还跳上了开着窗户的窗台，在那里，她们能看得更真切一些。'看！'教授大声喊道，'这个被高度放大的蟑螂，是现存最奇特的昆虫种类中的一种！'因为我接受过完全教育，所以我懂得一个有文化的绅士应该怎么做，就在这时，我挺直了身板，两手叠放在胸前，很绅士地鞠了一躬。我这出其不意的动作，肯定吓到他们了，因为这时一个站在窗台上的小姑娘只大叫了一声，就哐当一声从窗台上掉了下去，顺带把她的同桌也拉了下去。"

"教授惊恐地大叫一声后，冲出门去查看这两个学生是否摔坏了。其他学生也都跟着他闹哄哄地跑出教室，屋里就剩下我一个，我仍然处于高度放大状态，此时，我想干什么就能干什么。我突然想到，我应该逃出去。我对自己现在的外形感到非常自豪，我觉得，现在的我可以自由地周游列国了，并且以我的高等文化程度，我可能有机会遇见更有学问的人。于是，趁着教授到楼下看望那两个被吓坏了的学生，而其他学生三五成群地围在他们周围时，我悄悄地溜出教室，又转了个弯，成功地逃到了附近的小树林里去了。"

"你太厉害了！"杰克羡慕地说道。"是的，我很幸运，"蟑螂绅士回答说，"我永远都会为自己感到自豪，因为我能在被高度放大的情况下逃出来，如果我只是一只又小又不被注意的昆虫的话，那我空有一肚子渊博的知识又有何用呢？"

"我从没看到过，"蒂普迷惑地看着蟑螂说道，"昆虫还穿衣服。""正常情况下当然是不穿的，"蟑螂答道，"可是，在我流浪的时候，我正好救了一个裁缝的第九条命——他们像猫一样，有九条命，你们应该知道吧。这个裁缝很感谢我，因为他真的失去第九条命，那他就死定了。所以，为了报答我，他坚持要给我做一套衣服，就是我正穿的这套。这套衣服多好看啊！"蟑螂站起来，原地转了好几个圈，以便让大家看清楚。

"他肯定是个好裁缝。"稻草人陛下赞叹地说道。"反正，他是一个善良的裁缝。"铁皮樵夫说道。

"在你遇到我们之前，你是要到哪儿去呀？"蒂普问蟑螂。"我也不知道，"蟑螂答道，"不过，我想尽快到翡翠城去，我要给那里的人们讲一讲关于'放大的优点'。""我们也是要到翡翠城去的，"铁皮樵夫说道，"所以，如果你不介意的话，你可以加入到我们的旅行行列中。"

蟑螂高兴极了。"能接受你们善意的友好的邀请，我真的太激动了！"他说，"在奥茨国里，我恐怕再也不能遇到像你们这么志同道合的伙伴了。""这是真的，"杰克说道，"我们的确有点像苍蝇和蜂蜜那样志同道合。"

"不过请别介意我的好奇——你们……是不是……啊咳！……也有问题啊？"蟑螂问道，他好奇地看看这个又瞧瞧那个。"彼此彼此，"稻草人陛下答道，"等我们都开始习惯了，也就不足为奇了。"
"多么深奥的哲理！"蟑螂赞叹道。"是的，我今天感觉自己变聪明
了。"稻草人陛下自豪地答道。

"那么，如果大家已经恢复体力了，我们就可以向翡翠城进发了
吧。"蟑螂提议。

"还不是时候，"蒂普说，"木马断了一条腿，所以它不能走动
了。而现在又没有什么材料，给他重新做一条腿。我们更不能丢下它
离开，因为杰克的身体太脆弱了，他必须得骑着木马走。"

"真是太遗憾了！"蟑螂说道。说完之后，他仔细地看了看他们，
说道："为什么不可以用南瓜人的一条腿给驮他的木马呢？你们想想，
他们可都是用木头做的啊！""啊，你真是太聪明了！"稻草人陛下赞
扬道，"为什么我就没想到这么做呢！快动手吧，亲爱的尼克，卸下
杰克的一条腿给木马安上。"

杰克原本是不太同意这么做的，可是为了赶路，他还是同意了。
樵夫卸下了杰克的左腿给木马安上，木马对这个手术很不满意，他管
这个手术叫做"屠宰"，他还说，这只新腿安在它身上，对他这样一
匹有名望的木马来说，简直就是一种耻辱。

"你说话能注意点吗？"杰克大声地说，"记住了，你骂的可是我
的腿。""忘不了，"木马答道，"它像你身体的其他部位一样脆弱。"
"什么！你说什么！"杰克咆哮道，"你竟敢说我脆弱？""是的，你像
个跳娃娃一样，是那么的可笑，"木马嘲笑道，还恶意地转了转他的
节疤眼睛，"就连你那笨重的南瓜头都直不起来，而且连你自己都说
不明白，你是在看这还是看那！"

　　"好了，求你们不要吵了！"铁皮樵夫焦急地说道，"事实上，我们都是有缺点的，所以，我们不应该嘲笑别人的缺点。""说的太好了！"蟑螂同意道，"你是一个非常善良的人，我的金属朋友。""是的，"尼克快乐地答道，"我敢说，我的心是我身体里最好的一个部件。不过，现在该是我们动身旅行的时候了。"

　　他们一起把杰克安置好后，稻草人陛下带着这队人马，朝翡翠城走去。

老莫比大施魔法

　　只往前走了一小段路后，他们就发现了一个问题。因为木马的新腿太长了，它走起路来一瘸一拐的。他们只好又停了下来，铁皮樵夫抡起他的大斧子，把木马的新腿砍短了些，这样，木马走起路来就好多了。

　　即便是这样，木马还是不太高兴。"我的腿坏了，太丢人了！"它咆哮道。"不是的，"蟑螂劝说道，"你应该知道，意外事故有时反而是最大的幸运，因为一匹马经过摔打才会越来越结实的。"

　　"我怎么糊涂了，"蒂普因为和木马以及杰克的感情很深，他有些生气地说，"你的玩笑开得有点过了。""是的，这只是一个玩笑，"蟑螂笑道，"只是一个文字游戏的玩笑，像我这样有学问的人，认为这是非常正常的。"

　　"这是什么意思？"杰克傻里傻气地问道。"这是说，我的朋友，"蟑螂解释道，"在我们的语言中，有很多字都有两个意思，能开这样一个有双重意思的玩笑，说明我是有个文化的、高雅的人，而且我对这种语言很在行。"

"我不信，"蒂普反驳道，"每个人都会使用双关语。""不是所有的人，"蟑螂说，"只有受过高等教育的人。你受过高等教育吗，小朋友？""没有。"蒂普说道。"那你就不能否认我的说法。我是受过完全教育的，所以我觉得，双关语能显示才智。如果是我骑上木马，那它就不单单是一只牲口了——它会变成一辆马车。因为，那时它就变成了马和车。"

听他说完，稻草人陛下白了它一眼，铁皮樵夫也停下来，用不屑的眼神看着他。这时，木马也大喷鼻息来嘲弄他，连杰克都禁不住用手捂住嘴笑，因为他的笑是被刻在脸上的，所以他没办法皱眉头。可是蟑螂仍然趾高气扬，好像他刚才进行了精彩的演讲似的。

稻草人陛下说道："亲爱的朋友，虽然我非常尊敬大脑，无论它们是怎么排列或属于哪一类的，可是我觉得你的脑子可能有问题。无论在什么情况下，在我们这里都请你约束着点你的高等教育。"

"我们并不是特殊的人，"铁皮樵夫补充道，"我们都有一颗善良的心。如果你再敢把你的高等教育抖出来的话……"他没有说完，就抬起那把闪闪发光的斧子，用力地抡了一下，蟑螂很害怕，立马逃到安全的地方去了。

其余的人不再说话了，他们默默地往前走着，而蟑螂先生经过深思以后，用谦卑的语调说道："我会努力约束自己的。""我们都相信你能做好。"稻草人陛下快乐地回答道。融洽的气氛又回来了，于是他们继续前进。

走了一会儿，他们又一次停下来，好让蒂普休息一会儿——蒂普看来是唯一一个感到累的。忽然铁皮樵夫看到，在草地上有很多的小圆洞。"这里就是地鼠的家，"他对稻草人陛下说道，"我的老朋友，地鼠皇后，可能会在这附近。"这是他突然间想到的。"如果它在的话，对我们来说可太有用了！"稻草人陛下惊喜地喊起来，"快点叫它，亲爱的尼克。"

于是，铁皮樵夫摘下脖子上戴着的一支银笛，轻轻地吹了一下，立刻就从附近的洞里跑出来一只小灰鼠，它一点儿也不害怕，并且向他们跑来。因为铁皮樵夫曾经救过地鼠皇后的命，所以她知道他是信得过的。

"你好啊，尊敬的陛下，"尼克礼貌地对地鼠皇后说道，"你的身体还好吧？""谢谢你，我很好。"地鼠皇后娴静地答道。接着，她问："我能帮你们做点什么呢？"说完，她就坐了下来，而且露出了头上戴着的小小的金黄色的王冠。

"朋友，我们现在正需要你的帮助，"稻草人陛下焦急地答道，"你能让我带着你的臣民到翡翠城去吗？""它们会有危险吗？"皇后担心地问。"不会的，"稻草人陛下答道，"我可以把它们藏进我的身体里，到时候我会给它们发信号的，我会解开我的夹克扣子，它们要做的就是冲出来，快速地跑回家来就可以了。只要它们做得好，那就是帮了我的大忙，因为我的王位被造反军抢走了。""这样啊，"皇后说道，"我答应你的要求。只要准备好了，我就可以叫来我的十二个最聪明的臣民。"

"我现在就准备好了。"稻草人陛下说。说完，他就平躺在地上，解开夹克扣子，露出了身体里面的稻草。皇后只轻轻地喊了一声，马上就有十二只美丽的小地鼠从鼠洞里跑了出来，他们站在皇后面前，等候吩咐。皇后说的话，其余的人一句都没听懂，因为他们说的是自己的语言。小地鼠们非常听话地服从命令，有次序地朝稻草人陛下跑去，跳进他身体的稻草里。当他们都藏好以后，稻草人陛下系好了扣子，然后站起身感谢皇后。

"你也得帮我们一个忙，"铁皮樵夫说，"那就是你要在前边领路，带领我们到翡翠城去。因为敌人总在想方设法地阻止我们到翡翠城去。""我很愿意效劳，"地鼠皇后说道，"可以出发了吗？"铁皮樵夫看看蒂普。"没问题了，"蒂普说，"我们出发吧。"

于是，他们又开始出发了，地鼠皇后在前面领跑，有时她停下来等一会儿，等他们赶上了，她又飞快地跑远了。

如果没有地鼠皇后的帮忙，这一队人马恐怕永远也到不了翡翠城，因为老莫比用魔法，在他们行走的路上设置了很多的障碍。当然，这些障碍都不是真的，都是老莫比巧妙设计的骗人的小伎俩。比如，当他们来到一条阻拦他们前进的湍急的大河堤岸时，地鼠皇后照旧坚定地朝前跑，没有一点危险地渡过了那虚假的洪水，而跟着她的大队人马，身上也是连一滴水都没有。突然，他们面前又出现了一堵花岗石城墙，高高的城墙阻拦了他们的去路。可是地鼠皇后却直直地穿过了它，其他人也跟着穿过了城墙，当他们通过去以后，那堵城墙就消失不见了。

后来，他们又停下来休息了一会儿，这时他们看见在他们脚下延伸出了四十条路，这四十条路又伸向四十个不同的方位；不久，这四十条路就开始像个大轮子一样转起来，开始是朝一个方向转，之后又朝别的方向转，他们的视线模糊了。皇后让他们跟着自己向同一方向跑，当他们跑出几步之后，这些旋转的四十条路就不见了。

老莫比的最后一个魔法比其他所有的都恐怖。她在草地上放起一片大火来阻拦他们，稻草人陛下见了大火吓得调头就逃。"如果我被烧着了，我就死定了！"他吓得直发抖，"太可怕了，我还从没害怕过。""我也得走！"木马大叫道，然后扭头就飞跑起来，"因为我是木头做的，一点就着。""我有危险吗？"杰克害怕地问。"你也会被烤得像馅饼一样，我也一样！"蟑螂说完就匍匐在地，这样能跑得更快一点儿。

铁皮樵夫可不怕火，他拦住想逃跑的人。"看地鼠皇后！"他大叫着，"大火都没伤着她。其实，根本就没有火，都是假的。"是的，地鼠皇后安全地通过了，全队人的士气被鼓舞了，于是他们跟在地鼠皇后后面跑，真的没被烧着。

"这真是一次奇特的历险，"蟑螂惊讶地说道，"因为它否定了自然法，诺威托尔教授在学校里讲到过。""当然了，"稻草人陛下解释道，"所有的魔法都很反常，所以人类才怕它，才躲它。不过，我仿佛已经看到翡翠城的大门了，我确定，我们已经克服了所有阻止我们前进的障碍了。"真的，他们都看到了城墙。

地鼠皇后把他们顺利地带到了目的地后，跟他们告别。铁皮樵夫激动地说："我们非常感激您热心的帮助。"并向这位可爱的皇后深深地鞠了一躬。其他人也都纷纷向地鼠皇后表示感谢。皇后示意他们不用这么客气，她说："能够帮助朋友们，我很开心，但我得马上回去了。"说完，她就迅速地朝回家的方向赶去。

女王的囚犯

和地鼠皇后告别后，蒂普他们朝翡翠城大门走去。即将到达门口时他们发现，大门口由两个造反军姑娘把守着，看到有人过来，她们迅速地从头发里拔出织针，吓唬第一个靠近她们的人。

铁皮樵夫可不害怕她们。"她们拿我没办法，最糟的情况可能就是，她们把我美丽的镀镍划破了，"他说，"但我想应该不会出现'最糟'的情况，因为我确定，我可以轻易地把这些造反军姑娘吓唬住。你们大家只管紧紧地跟着我就行了！"说完，他就抡起他的斧子横冲直撞地朝大门砍去，其余的人都紧紧地跟着他。

姑娘们压根就没想到会受到反抗，她们很害怕铁皮樵夫的斧子，大叫着逃进城里去了。这样，蒂普他们就安全地进了城，沿着绿色大理石铺成的宽宽的大街，向皇宫走去。

"照这样下去，我们尊敬的稻草人陛下很快就会重登宝座了。"铁皮樵夫说着大笑起来，他没想到那些姑娘们就这样轻易被他战胜了。"谢谢你，我的朋友，"稻草人陛下激动地说道，"感谢你的热心相助，也感谢你那锋利的大斧子！"

当他们依次走过一排排房子时，他们看到，男人们有的在扫地，有的在擦桌子，还有的在洗碗碟……而女人们却在一起闲聊着。

这时，稻草人陛下看见了一个长着大胡子、脸色铁青的男人，正系着一条围裙，推着一辆婴儿车行走在人行道上，他走过去说："请告诉我这是怎么了？""难道您不知道吗？我们这儿被占领了，尊敬的陛下，您应该记得啊！"那人答道，"您逃走了之后，那些姑娘们开始管理我们。看到您回来，我真是太高兴了，因为看孩子、做家务，已经使翡翠城里的所有男人都筋疲力尽了。如果您能重新夺回统治权，我们就解放了。"

"嗯！"稻草人陛下沉思了一下，说道，"如果这些工作真的像你说的那么难，那女人们是怎么完成的呢？""我也不知道，"那男人深深地叹了一口气答道，"也许女人是生铁做成的吧。"

当他们穿过街道时，没有任何人阻止他们前进。有几个女人正在闲聊，她们好奇地盯着这些人，但很快她们就笑着转过身，又继续她们的闲聊去了。对铁皮樵夫一行人，她们既不害怕，也不吃惊，只是让到路旁，并不阻挡他们前进的路。

稻草人陛下对这个现象感到不安。"难道我们上当了吗？"他说。"不会的！"铁皮樵夫满怀信心地说，"是她们害怕了吧！"可稻草人陛下还是表示怀疑。蒂普说道："是的，这也太容易了，我们还是当心一点儿为好。""我会小心的。"铁皮樵夫说道。

他们顺利地到达了皇宫，并踏上了大理石台阶。曾经镶满了绿宝石的台阶，现在也只剩下了许多小洞，贪婪的造反军把宝石都挖走了。直到现在，仍然没有一个造反者来阻止他们的行动。铁皮樵夫他们穿过弓形的通道，走进了壮丽的宝座大厅，当绿绸子窗帘在他们背后落下时，他们看到一个奇怪的景象。

吉尤尔将军正悠闲地坐在闪闪发光的宝座上，头上还戴着稻草人陛下的第二个王冠，右手执君节杖。她正津津有味地吃着膝盖上放着的一盒糖果。将军看来对她危险的处境并不担忧。

稻草人陛下一步跨到她的面前，铁皮樵夫紧握着他的斧子，其他的人则在他身后围成半个圆圈。"你怎么敢坐在我的宝座上？"稻草人陛下质问她，并且严厉地盯着那位入侵者。"你难道不知道你已经犯了叛逆罪吗？这里的法律规定不允许叛逆存在。"

"宝座属于任何一个有能力的人，"吉尤尔将军一边说，一边悠然地吃她的糖果，"现在我得到了它，那么我就是女王，你们这些人才犯了叛逆罪，你们都该受到你刚才提到的法律的制裁。"

稻草人陛下被说的哑口无言。"我该怎么办，朋友？"他转过头去问铁皮樵夫。"唉，一提到法律，我就没什么可说的，"他答道，"因为我永远都不能理解它，我觉得企图利用它也是愚蠢的。"

"那我该怎么办呀？"稻草人陛下焦急地问道。"你为什么不娶了女王呢？这样，你们就都可以统治翡翠城了。"蟑螂提议道。吉尤尔将军恶狠狠地瞪着那蟑螂。

"你为什么不把她交给她的母亲呢？她在什么地方？"杰克问。吉尤尔将军皱了皱眉头。

"你为什么不把她关起来，直到她主动承认错误，并且愿意改好呢？"蒂普说。"或者狠狠地揍她一顿！"木马补充道。吉尤尔的嘴唇气愤地动了动。

"不行，"铁皮樵夫说道，"我们要以礼相待。我们要让她拿走所有喜欢的珠宝，高高兴兴地回家去。"听到这里，吉尤尔将军大笑起来，接着，她就拍了三下手，好像是在发信号。"你们这些可笑的家伙，"她说，"不过我已经听够了你们的笑话，没空再和你们逗下去了。"

正当稻草人陛下他们惊奇地听着吉尤尔这番无礼的讲话时，可怕的事情发生了。铁皮樵夫的斧子不知道被身后的什么人抢走了，他现在被解除了武装，再也没有能力反抗了。同时，在他们的身后响起一阵大笑，他们猛地转过头去才发现，他们已经被造反军包围了，所有的姑娘手里都拿着闪闪发光的织针。整个大厅都是造反者，稻草人陛下意识到，他们已处在了危险的境地。

"你们看，反对我是件多么愚蠢的事啊！"吉尤尔得意地说道，"这不正好证明了我比稻草人陛下更适合做翡翠城的统治者吗？我对你们并无恶意，我向你们保证。不过，为了防止你们将来找我的麻烦，我还是决定把你们全都消灭掉。也就是说，除了这个小男孩他是属于老莫比的，应该交还给她。而你们剩下的这几个，本来就不属于人类，所以，消灭你们是件好事。木马和杰克的身体我要砍了当柴烧；这个南瓜嘛，最好拿来做馅饼；稻草人陛下用来点火是最合适不过的了；而这个铁皮人我可以把他切成小块，拿来喂山羊。至于说这个大蟑螂……"

"高度放大的，如果你这么称呼我的话，我会非常高兴的！"蟑螂打断她的话。"我想，把你做成绿海龟汤挺合适的。"吉尤尔沉思后说道。蟑螂吓得直发抖。"如果这样不行的话，我们还可以给你配上各种香料，做成匈牙利的菜炖牛肉。"她恶毒地补充道。

这个残忍的计划，使这些囚犯惶恐不安地互相看着。只有稻草人陛下还很坚强，他镇静地站在吉尤尔面前，双眉紧皱，他正在聚精会神地思考逃跑的办法。正当他思考之时，他猛地感到胸前的稻草轻轻地动了动。立刻，他由悲转喜，他迅速地解开了胸前的衣服扣子。

其实他周围的那些姑娘们已经看到了他的动作，可是都没有怀疑他的举动，直到看到一只小灰鼠从他胸前蹦出来在地上跑，又一只跑出来了，紧接着一只又一只。在姑娘们的脚下乱窜。姑娘们吓坏了，人群中发出一声可怕的尖叫，这叫声使胆子最大的姑娘都感到惊恐，她们开始逃离这儿，逃跑变成乱窜，乱窜又造成一片惊慌。

当乱窜的老鼠们在屋子里乱跑时，稻草人陛下才有机会注意到，姑娘们从宫殿里逃跑时飞转的裙子和飞跑的脚——她们互相挤着，争着往外逃。

最开始，尤吉尔只是躲在宝座后面，后来她也开始慌乱地跳起来。忽然一只老鼠窜到坐垫上，吉尤尔吓得立即从稻草人陛下头上跳了过去，她穿过弓形通道逃跑了，直到跑到城门口，她才敢停下来喘气。

就这样，宫殿里除了稻草人陛下和他的朋友们之外，再无人影，蟑螂深深地呼出了一口气说道："感谢上帝，我们终于安全了！""是的，可这只是暂时的，"铁皮樵夫说，"我怕敌人还会回来的。""我们应该先把宫殿的所有入口都堵好!"稻草人陛下说,"这样,我们就有了充足的时间,来想出最好的办法!"

说完,他们开始各自行动,把一切收拾停当,确保近几天会万无一失后,他们就聚在宫殿里,商量起对策来。

稻草人陛下争取时间想办法

　　当所有人都到齐之后，稻草人陛下说了他的看法，他认为吉尤尔将军自称是女王也挺好的，他们不能占领她的宫殿。蟑螂不同意他的看法，他一边两手插兜，来回踱步，一边说，"可是，在她占领国土之前，你一直都是国王呀，因此我认为，是她侵占了你的王位。""特别是现在我们已经战胜了她，把她逼走了。"杰克补充道，说着他举起手来，把自己的脸扭向稻草人陛下。

　　"我们真的胜利了吗？"稻草人陛下冷静地问道，"请蒂普到窗户那儿看一看，然后告诉我你都看到了什么。"蒂普赶紧跑到窗户那朝外看去。"皇宫被姑娘们围了两圈。"他说。

　　"我就知道会是这样，"稻草人陛下答道，"老鼠出现之前我们是她们的囚犯，现在，我们还是她们的囚犯。"

　　"你说得对，"铁皮樵夫说道，他用一小块羚羊皮把自己的前胸擦得锃亮，"吉尤尔仍然是女王，而我们仍然还是她的囚犯。"

　　"可我还是希望我们是安全的，"杰克说着，打了一个寒战，"她可是要把我做成馅饼的，你知道吗？”“别急，”铁皮樵夫说道，“这没关系的，如果你一直被关在这里的话，那么总有一天你会烂掉的。一块好的馅饼比一堆腐烂的废物不是要好得多吗？”“这倒是真的。”稻草人陛下答道。

“唉，天哪！”杰克呻吟道，“我怎么这么不幸呀！亲爱的父亲，你当初为什么不用铁皮做我呢——或者用稻草也行啊——那样的话，我就可以不用受苦了。”“呸！”蒂普气愤地说，“我做出了你，你还不高兴吗？”然后，他又沉思道，“世上所有的东西都会有完结的那一天。”

“可我怎么办啊？”蟑螂插嘴道，它那凸起的圆眼睛里满是悲哀的神情，“那个可恶的女王打算把我做成菜炖牛肉！我可是这个广大世界上唯一高度放大的、受过高等教育的蟑螂绅士！”“我觉得，这个主意不错。”稻草人陛下同意道。“你不认为，他还可以做出更好些的汤来吗？”铁皮樵夫问他的朋友。“是的，很可能。”稻草人陛下附和道。

蟑螂呻吟着。“我仿佛已经看到，”他难过地说，“山羊在吃铁皮樵夫的碎片，用我的朋友稻草人陛下来当引火的材料点燃了木马和杰克的身体，在火上煮用我做成的汤，吉尤尔将军亲自看着我煮沸！”这一令人惊悚的描述，使他们每个人都感到不安和焦虑。

“放心吧，短时间内，我们还是安全的，”铁皮樵夫尽量装出乐观的样子，说道，“因为我们可以阻止她进宫殿，除非她有别的好办法。”“可是到那时，我没准就饿死了，蟑螂也会和我一样。”蒂普说。

"我没事，"蟑螂说道，"我可以靠杰克生活一段时间。我并不是很喜欢用南瓜做食物，不过我相信，它还是有营养的，再说，南瓜人的头又大又丰满。"

"真没良心啊！"铁皮樵夫因为受到极大的震动而大嚷起来，"难道我们非得互相残杀吗？我问问你们，难道我们不是最好的朋友吗？"

"我看明白了，我们不会总被关在宫殿里的，"稻草人陛下肯定地说道，"所以，我们最好别说这样悲哀的话，还是想想怎么逃跑吧。"

听到这里，大家都急切地围在宝座周围，稻草人陛下坐上了宝座。当蒂普正要在一个凳子上坐下时，从他的上衣口袋里掉出一个胡椒盒子，它在地上滚着。

"这是什么？"铁皮樵夫捡起盒子问道。"小心！"蒂普大叫道，"那是我的生命粉。别给我弄撒了，已经没剩下多少了。"

"什么是生命粉呀？"当蒂普小心谨慎地把胡椒盒子放进衣服口袋里时，稻草人陛下问道。"它是一种魔粉，是以前老莫比从一个邪恶的男巫那里拿回来的，"蒂普解释道，"老莫比就是用这个东西把杰克变活的，后来，我也同样用它把木马变活了。任何东西只要撒上它都会变活的；不过，剩下的药粉也许只够用一次了。"

"这么说，它是非常珍贵的东西啊。"铁皮樵夫说道。"是的，是这样。"蒂普回答道。"它也许能帮助我们战胜困境的。我确定我用不了几分钟就能想出办法来，蒂普，请你用刀子帮我把我这个沉重的王冠取下来。"稻草人陛下说。

蒂普很快就割断了缝在稻草人陛下头上的针线，翡翠城的前国王把王冠摘了下来，很放松地呼出一口气，然后把王冠挂在了宝座旁的一颗钉子上。"它代表了我最后的王位，"他说，"我真高兴能摆脱掉它。翡翠城最早的统治者叫帕斯托雷亚，他被伟大的巫师夺去了这个王冠，后来，巫师把王冠传给了我。现在，吉尤尔姑娘说王冠是属于她的，我可是真心高兴，希望这顶王冠不会让她得头疼病。"

"说的好，我很赞成。"铁皮樵夫点头同意道。"现在，让我自己静静地想一会儿。"稻草人陛下说完就躺到宝座上了。大家都尽量不出声，免得打扰到他，因为大家都相信，稻草人陛下有一颗非凡的大脑。

过了好长时间以后，稻草人坐了起来，他非常奇怪地看着他的朋友们说道："我现在的脑子很清楚，我为自己而感到骄傲。现在大家听着！如果我们从宫殿的正门逃走的话，那我们肯定会被捉住。既然我们不能从地面上逃走，那我们为什么不从天上逃走呢！他停顿了一下，看看他们的反应，可他的听众们看来并不理解，也不相信他说的话。

"从前那个伟大的巫师就是乘坐一个大气球逃走的，"他接着说道，"虽然我不知道气球是怎么做出来的，可是，任何事物只要能在天上飞，就能轻易地把我们带走。铁皮樵夫是个熟练的技工，我建议让他试着做出一个带翅膀的机器，而我们的蒂普可以用他的生命粉把这个机器变活。"

"太精彩了啊！"尼克·乔波大叫道。"多么聪明的想法呀！"杰克说道。"真是太聪明了！"蟑螂说道。"我也觉得这个方法是可行的，"蒂普说，"前提是，铁皮樵夫能否把这个东西造出来。"

"我一定尽力，"尼克高兴地说，"事实上，我很少失败的。这个东西一定要在宫殿顶上做，这样它才能很容易地飞上天。""这是当然。"稻草人陛下说。"那么，就让我们动手在宫殿里找一些材料吧，"铁皮樵夫接着说，"把你们找到的东西都放到屋顶上去，我好开始工作。"

"不过，"杰克说，"首先请你们把我从马身上放下来，再给我做条新腿。像我现在这样，对大家都没什么用处。"于是，铁皮樵夫就用斧子把一张红木桌子砍碎了，用它安装杰克的新腿，这条腿雕刻得非常精美，杰克对此感到非常骄傲。

"这多奇怪啊，"他看着铁皮樵夫说道，"我的新腿成了我身上最精致最结实的部位了。"

"这就证明你是个了不起的人，"稻草人陛下说，"我认为，在这个世界上唯一值得尊敬的人，就是那些了不起的人。因为，平凡的人就像树上的叶子，不论怎样都不被人注意。""这话真是太有哲理了！"蟑螂一边帮铁皮樵夫给杰克安腿，一边称赞道。

"你现在感觉怎么样？"蒂普一边关心地问，一边看着杰克来回走着试他的新腿。"跟新的一样。"杰克高兴地答道，"并且现在我还能帮助你们一起逃跑。""那好，我们现在就动手干活吧。"稻草人陛下认真地说道。

为了能逃出去，每个人都心甘情愿地做任何事。他们分头行动，细心地在宫殿里寻找着合适的材料，以便做他们的"大气球"。

怪头的逃跑

当他们相聚在屋顶上时，各自拿着不同的材料。因为他们谁也不能确定，铁皮樵夫到底需要什么东西，所以每个人尽可能地把能用的材料都拿来了。

蟑螂在大厅过道里的壁炉上拿来一颗奇怪的头颅，上面有两只分开的鹿角，蟑螂费了很大的劲，克服了极大的阻碍，才把它搬到屋顶上来。这个怪头有点儿像麋鹿的头，只是鼻子上翘一些，样子很俊俏，脸上长着跟公山羊一样的胡子。蟑螂为什么拿了这件东西，应该是出于他的好奇心吧，别无他说。

蒂普和木马搬了一只没有套子的大沙发。这是一件老式家具，有高靠背和扶手。它太沉了，虽然木马用的力气更多一些，可是当最后把它搬到屋顶上时，蒂普还是累得气喘吁吁。

杰克拿来一把扫帚，因为这是他看见的第一件东西。稻草人陛下拿来了一捆晾衣绳和粗绳子，而当它爬楼梯时，松开的绳子把它缠住了，它带着绳子连走带爬地来到屋顶上，要不是蒂普及时地救了它，说不定它现在已经从屋顶上滚下去了。铁皮樵夫是最后一个上来的。它也去过院子，并且在那儿砍下了大棕榈树的四片大叶子，这儿的棕榈树是翡翠城全体居民的骄傲。

"啊，我亲爱的朋友！"稻草人陛下看到铁皮樵夫这么干时大叫起来，"你犯了大罪了，城里的任何人这么干的话都要被判刑。如果我没记错的话，砍了院里棕榈树叶子的人将被杀死七次，然后判处终身监禁。"

"现在，说什么都没用了。"铁皮樵夫说道，说着就将叶子扔在屋顶上，"这就算是帮我们逃走的一个理由吧。现在，让我们来看看，你们都给我找来什么东西了。"

大家都用疑惑的目光看着屋顶上这些乱七八糟的东西。最后，稻草人陛下摇摇头说道："嗯，如果尼克朋友能用这些乱七八糟的东西，做出能载着我们安全逃走的装置的话，那我就承认他是出色的技师。"其实，铁皮樵夫也不能确信自己能不能做到，当他拿着鹿皮把自己的脑门擦亮之后，他才决定接受这个任务。

"做这个机器所用到的第一样东西，"他说，"是一个能装下我们所有人的身体。这个沙发是我们手中最大的东西，就用它来做身体吧。不过，如果这个沙发稍稍倾斜的话，我们就全都得掉到地上了。"

"我们可以用两个沙发啊，"蒂普说道，"楼下还有一个同样的沙发呢。"

"这个主意不错，"铁皮樵夫说，"去把它搬上来。"于是，蒂普和木马跑到楼下，又费了很大劲，才把它搬上了屋顶。他们把两个沙发面对面地放到一起，靠背和扶手正好在座位周围形成一道保护墙。

"太好了！"稻草人陛下大叫道，"我们可以惬意地在这个安乐窝里待着了。"

大家把这两个沙发用粗绳子和晾衣绳紧紧地捆在一起，然后，铁皮樵夫把怪头绑在上边。"这样我们就能分辨出哪边是前边了，"他对自己的这个主意感到非常满意，"嗯，真的，如果用批评的眼光看的话，我觉得这个怪头很像一个船头雕饰。这些大棕榈叶——为了得到它们我曾冒险过，可以用来做它的翅膀。"

"能行吗？"蒂普问。"没问题，它们跟我们找到的其他任何东西一样结实，"铁皮樵夫答道，"虽然它们与这东西的其他部件不太相称，不过，依我们现在的处境来说已经很不错了。"接着，他把棕榈叶绑在了沙发的两边。

蟑螂非常赞赏地说道："我们已经完工了，快点把它变活吧。"

"等一会儿！"杰克说，"你们不打算用我的扫帚吗？""怎么用呢？"稻草人陛下问。"可以把它绑在这东西的后边作为尾巴呀。"杰克答道，"这个东西没有尾巴怎么行呢！"

"哼！"铁皮樵夫说，"尾巴有什么用呢。我们又不是要复制一个动物，只要这东西能把我们载上天就行了。"

"等这东西活了以后，说不定真要用到尾巴呢，"稻草人陛下说，"因为，如果它能像一只鸟一样在天上飞的话，应该靠尾巴来掌握方向的。""好吧，"杰克说，"就用它当尾巴吧。"他把扫帚结实地绑在沙发的另一头。

蒂普从兜里拿出胡椒盒。"这东西真的是太大了，"他焦急地说，"要保证它们都活过来，这点药粉我怕不够用。不过，我会努力做到的。”

“把大部分撒在翅膀上，”铁皮樵夫说，“因为必须保证它们够结实。”“还有头！”蟑螂说。“还有尾巴！”杰克补充道。

“请安静，”蒂普紧张地说，“你们得让我放松地来做这件事。”他开始非常小心地把那珍贵的生命粉撒在那东西的身上——四个翅膀、沙发上、尾巴上都有了。

“头！头！还有头！”蟑螂激动地大叫着。“就剩一点儿药粉了，”蒂普看着盒子说道，“而且，我认为腿比头更重要。”“不，不是这样的，”稻草人陛下说，“头是用来指引方向的。既然这个东西是要飞行的，那它的腿就不重要了。”于是，蒂普就把剩下的药粉撒在怪头上。

“现在，我要作法了，”他说，“在我作法时，请你们不要说话！”

由于他们早就听过老莫比念的咒语，而且蒂普当着他们的面成功地将木马变活，所以，现在他不费劲地就将那三个神秘的咒语又说了一遍，还做了那个特殊的手势。这真是一次重大的、让人印象深刻的仪式。

当他刚念完咒语，那东西就抖动了起来，怪头也像其他动物一样大声尖叫，同时，四个翅膀开始猛烈地扇动起来。蒂普赶紧抱住了一个烟筒，要不然，他会被翅膀扇起的大风刮到屋顶下面去。稻草人陛下由于体重太轻，被整个地扇到了空中，幸好蒂普及时地抓住了他的一条腿，把他又拖回来了。蟑螂因扁扁地躺在屋顶上，而逃过一劫。铁皮樵夫的身体重，他倒没事，他用胳膊紧紧地抱住杰克，这才救了杰克的命。木马躺在屋顶上，四条腿朝天乱踢着。正当他们都在努力使自己恢复原状时，那东西却慢慢地从屋顶升起，朝天上飞去。

"嗨！快回来！"蒂普吓得大叫起来，他一手抓着烟筒，一手抓着稻草人陛下。"我命令你，马上回来！"

看来稻草人陛下让蒂普把这东西的头变活是正确的。因为这个东西已经飞到了很高的地方，怪头听到蒂普的命令后，又折了回来，在空中慢慢地转着圈，直到看到了宫殿的屋顶。

蒂普又一次大叫着："快回来！"怪头听到后，不慌不忙地扇动着翅膀，缓缓地落到了屋顶上。

在乌鸦的窝里

怪头感到很好奇，他认为这是他最奇特的经历了。他说他清楚地记得，那是当他走过森林时，突然听到一声响，它的生命就完结了。而现在他又活了，而且还有四只大翅膀和一个健全的身体，他这个样子，会使任何一个有名望的动物都感到自愧不如的。

"你只是一件东西，"蒂普说，"只不过有一个奇特的脑袋。我们做出了你，把你变活了，只是想让你带我们到我们想去的地方。""太好了！"那东西说，"既然我不是一个怪头，那我也就没必要保持一个怪头应有的尊严和独立精神了。因此，我可以和别的东西一样成为你们的仆人。我唯一的遗憾就是我的身体，它看起来并不太结实，所以我也不会总是作为奴隶活着。"

"求求你别那么说！"铁皮樵夫大叫着，他那颗仁慈的心，被这番伤心的话语深深地打动了，"难道你今天不舒服吗？""啊，这个嘛，"怪头答道，"因为今天是我第一天活在这个世上，所以，我也不知道我的感觉是什么样的。"说完他把他的扫帚尾巴慢慢地摆了几下。

"别这样，别这样！"稻草人陛下友好地说道，"高兴点儿吧，我们都是你的好主人，我们会使你变得快乐的。你愿意载着我们，到我们想去的任何地方吗？""当然愿意，"怪头答道，"我很喜欢在天上飞，因为我不想在地上走，如果我遇到了我的同类，那我会很难堪的！"

"我能理解。"铁皮樵夫同情地说。"不过，"那东西继续说道，"我仔细地看了看你们，我的主人们，我觉得你们也不比我漂亮多少。"

"人不可貌相，"蟑螂认真地说，"我可是高度放大的，又接受过高等教育。""真的吗？"怪头冷淡地问道。

"而我也被公认为是最聪明的呢。"稻草人陛下骄傲地说。"太奇怪了！"怪头说。

"别看我是用铁皮做的，"铁皮樵夫说，"但是我有一颗最热情、最善良的心。""听你这么说，我真高兴。"怪头轻轻咳了一声说道。

"我的微笑，"杰克说，"也是值得你夸耀的，因为它总是这个样子。""自始至终都是一个样。"蟑螂自负地说道。怪头转过头来瞪着他看。"而我呢，"木马笨拙地说道，"唯一的特点就是我受不了他的微笑。"

"能成为你们的仆人，我真的很自豪。"怪头说道，"如果有一天我也能这样介绍我自己的话，那我可就太兴奋了。"

"会有那么一天的，"稻草人陛下说，"能够'了解自己'就是件了不起的事，我们也只是比你大几个月，不过现在，"他对其余的人说道，"我们快点坐上去，开始我们的旅行吧。"

"我们要去哪呢?"蒂普坐在沙发的座位里,一边帮着杰克,一边问道。"在南方,有一位好心的格琳达女王,我相信,她肯定会接待我们的,"稻草人陛下一边说,一边笨拙地爬了进来,"我们现在就去找她吧。"

"这个主意不错,"尼克·乔波说道,他一边帮蟑螂,一边把木马推倒,让它躺在褥垫座位的最后边。"我认识好心的格琳达,我相信她的确可以帮助我们。"

"都准备好了吗?"蒂普问道。"好了。"铁皮樵夫答道,说完就坐在稻草人陛下身边。"那么,"蒂普对怪头说道,"就请你载着我们向南飞吧,不过别飞得太高,超过房子和大树就行了,因为,如果飞得太高,我会头晕的。""没问题。"怪头答道。他扇动着翅膀,慢慢地朝空中飞走了。这一小队人马紧紧地抓着沙发的靠背和扶手,怪头载着他们又快又稳地朝南方翱翔而去。

"从这么高的地方看外面的风景,还真是不错啊!"当他们前进时,接受过高等教育的蟑螂说道。"别只顾看风景了,"稻草人陛下说,"抓紧点,要不然你会摔下去的,这东西抖得厉害。"

"天马上就要黑了,"蒂普发现太阳已经沉了下去,就说道,"说不定我们得等到天亮再走,我不知道怪头能不能在夜间飞行。""我自己也不知道,"怪头平静地答道,"你知道,这对于我来说,真的是新的经历啊!我以前总是用腿在陆地上飞跑,可是现在,我的腿好像一点知觉都没有。""都怪我们,"蒂普说,"是我们没有把你做得更好些。"

"我们是希望你能飞起来,"稻草人陛下解释道,"而不仅仅是能走。"　"我们会走的。"蟑螂说道。"我现在明白我该怎么做了，"怪头说，"不管你们提出什么要求，只要我能做到，我都会满足你们的。"他静静地飞了一会儿。

这时，杰克又不安起来。"我不确定，在空中飞会不会伤到我呀？"他说。"除非是你自己不小心掉下去，"蟑螂说，"真是那样的话，那你的南瓜头就变成一摊烂果物了。"

"我不是警告你，让你少开这种伤感情的玩笑吗？"蒂普一脸严肃地看着蟑螂说。"我一直忍着都没敢多说，"蟑螂答道，"可是，我们的语言有很多非常好的双关语，而像我这样受过高等教育的人，总是忍不住想多说几句。"

"很多只受过一点点教育的人，在几个世纪以前，就能说那些双关语了。"蒂普说。"你确定吗？"蟑螂惊讶地问道。"当然能，"蒂普说，"一只受过高等教育的蟑螂可能是件新事物，可是，你带给别人的教育却显得陈旧了。"看来蟑螂是受到刺激了，因为他好半天都不再说话了。

稻草人陛下在移动坐位时，发现在坐垫上放着蒂普已经扔掉的胡椒粉盒子，于是拿起来看了看。"扔了吧，"蒂普说，"它已经全空了，没有任何用处了。"　"真的全空了吗？"稻草人陛下翻来覆去地仔细看了看。"当然是真的了，"蒂普说，"里面所有的粉粒都被我抖出来了。"　"不对，这是一个两层的盒子，"稻草人陛下说，"因为里面的底跟外面的底之间还有厚度。"

"让我看看，"铁皮樵夫从朋友手中接过盒子看了看。"真是这样，这个盒子肯定有一个假底。可是，我不知道这是干什么用的？"

"你可以把它打开看一看呀。"蒂普说。他现在对这个盒子也很感兴趣。"好吧，可是底下这层是拧着的，"铁皮樵夫说，"我的手指很硬，你来试试看，看是否能打开。"

铁皮樵夫把盒子递给了蒂普，蒂普轻易地就把底拧开了。在底下这层里装着三粒银色的药丸，在药丸底下，还压着一张折起的纸条。蒂普为了拿纸条时不让那三粒药丸掉出来，他很小心谨慎。蒂普打开纸条一看，那上面用红墨水清清楚楚地写着几行字。

"快读来听听。"稻草人陛下说。于是蒂普读道："尼基迪克医生的著名的希望之丸。使用方法：吞一丸；然后两个两个地数，数到十七，再说出一个愿望。这个愿望就会马上实现。注意：保存在干燥背阴处。"

"啊，这可真是个重大发现呀！"稻草人陛下说道。"确实，"蒂普严肃地答道，"也许它们对我们会很有用处呢。我也不清楚，老莫比是否知道这些药丸藏在盒子的底层里。我记得她说过，她是从一个叫尼基迪克的人那里拿到生命粉的。"

"他肯定是个非常厉害的男巫！"铁皮樵夫说，"既然那些生命粉都研制成功了，那我们也应该相信这些药丸。"

"可是，"稻草人陛下问，"没有人能两个两个地数到十七啊。十七是个奇数。""的确是这样，"蒂普失落地回答，"谁能两个两个地数，数到十七呢？"

"那么，这些药丸对我们来说就没什么用了，"杰克哭着说，"而且，这个事实让我很难接受。因为我本来还指望着用它保护我的脑袋永远不坏呢。"

"胡说！"稻草人陛下高声喊道，"即使我们可以使用这些药丸，我们也一定要把它用到正地方。""我可看不出还能用在哪儿，"可怜的杰克反驳道，"如果你也经常受到伤害的话，你就能理解我的焦虑了。"

"是的，"铁皮樵夫说，"我很同情你的遭遇。可是，我们谁也不能两个两个地数，数到十七，那么你也只能得到同情了。"

这时，天色已晚，他们发现，在他们的头顶上有一大块乌云。怪头仍然在平稳地飞着，可不知道什么原因，这庞然大物颠簸得越来越厉害。蟑螂说他有点头晕，蒂普也脸色煞白，感觉不舒服。而其余几个则紧紧抓着沙发背，看来只要不被颠出去，他们还是能经受得住的。天越来越黑，怪头在黑夜中仍然继续飞呀，飞呀。旅行者们甚至都看不见对方了，这时一种难以忍受的沉闷空气向他们袭来。

过了好长时间，蒂普在经过一番深思后开口说话了。"我们什么时候才能到达格琳达的宫殿呢？"他问。"到格琳达宫殿的路远着呢，"铁皮樵夫说道，"我曾经去过那儿。"

"可是，我们如何才能知道怪头飞得有多快呢？"蒂普又问道，"我们一点也看不见地上的东西，也许在天亮前，我们可能早已飞过了我们要去的地方呢。""这倒是很有可能，"稻草人陛下也不安起来，"可依我看，我们现在也不能停下来，要不然我们会停到一条河里，或是一个尖塔顶上，那可就麻烦了。"所以，他们只能让怪头继续飞，怪头的大翅膀有规律地扇动着，他们耐心地等着天亮。

当第一缕曙光出现时，他们向沙发外一看，他们看到了起伏的平原，上面点缀着一些奇特的村庄，那里的房子跟奥茨国的圆屋顶不一样，它们是中间有个尖顶的斜屋顶。很多样子奇特的动物在地上走动着，对于铁皮樵夫和稻草人陛下来说，这个地方他们都不熟悉，因为他们以前曾经去过格琳达的领地，那里不是这个样子的。

"我们迷路了！"稻草人陛下难过地说道，"说不定怪头已经把我们带出奥茨国，越过沙漠，到达了多萝茜所说的那个恐怖的外部世界了。""我们要赶快回去，"铁皮樵夫严肃地说道，"我们要尽快赶回去！""向回飞！"蒂普对怪头喊道，"用你最快的速度飞回去！"

"如果我要转弯的话，我就会翻倒了。"怪头答道，"因为我还不适应飞行，最好的办法就是让我找一个地方停下来，然后，我向回转，再重新起飞。"

但是，他们找不到一块适合的地方，他们又飞过一个大村庄，蟑螂说，那是一个城市。后来，他们又飞到有深谷和峭壁的群山中，两山之间正好有一片平地。"现在，我们终于可以停下来了。"蒂普说道，这时，他们已经接近山顶了。然后，他命令怪头："在你见到的第一块平地上停下来！""好的。"怪头答道，并在两个峭壁中间的一块平岩上停了下来。

可是，由于第一次飞，怪头没能正确算出他的速度。他没有完全停在平岩上，他半个身子掉了下去，锋利的岩石边把他右边的翅膀都折断了，于是他们就顺着峭壁翻了下去。这些旅行者们紧紧地抓着沙发靠背，突然怪头被一块岩石挡住了，他底朝天地翻了过来——里面所有人都被翻出去了。

很幸运，他们只被摔出几步远。因为他们降落的地方是一个大鸟窝——一群乌鸦在岩石洞边建的。所以，他们都很安全。杰克的宝贝脑袋正好躺在稻草人陛下软软的胸脯上，简直就是一个天然的垫子；蒂普也正好掉在一堆树叶和废纸里，所以他也没有受伤；蟑螂的圆脑袋撞在了木马身上，过了一会儿他就好了。

铁皮樵夫一开始很害怕，后来，他发现自己逃了出来，就连他那最在意的镀镍都没有摔坏一点，他又恢复到了平时快乐的样子，转身跟他的朋友们说起话来。"我们的旅行结束了，"他说，"但是我们不能责备我们的朋友怪头，因为这是突发事故，在这样的环境下，他已经尽了力了。可是，我们怎么才能从这里逃出去呢？这个问题就要由聪明的人来解决了。"

这时，他看看稻草人陛下，稻草人陛下正趴在窝边向外看。在他们下面，是一个几百尺深的悬崖，而他们上面则是一块平整的峭壁，怪头被摔坏的一半的身体——沙发的一头还在上面挂着呢。看来真是逃不了了，他们开始难过起来。

"这比在吉尤尔将军那里当囚犯还糟。"蟑螂难过地说道。"我真希望我们没有到过这儿，"杰克呻吟着，"我担心山里的空气会对南瓜不利。""在乌鸦回来之前是不会有事的，"木马咆哮着。他仰面朝天地躺着，四脚在空中乱踢，他想重新站起来，"乌鸦特别喜欢吃南瓜。"

"你认为这些乌鸦会来这里吗？"杰克问蒂普。他感到非常难受。"当然会了，"蒂普说，"因为这里是它们的家。而且它们的数量那么庞大，"他接着说道，"你看，它们在这里藏了很多好东西！"

确实如此，在这窝里，大部分的地方都堆放着很奇怪东西，但对他们来说并无多大用处，那都是乌鸦多年来从别人的家里偷来的。又因为这个窝藏在人们看不到的地方，所以，人们就无从发现这些丢失的东西。

乌鸦偷了一些没用的东西，但是也偷了很多有价值的东西，蟑螂仔细地在这些东西里找寻着，很快他就用脚翻出了一串美丽的钻石项链。铁皮樵夫非常喜欢这串项链，蟑螂慷慨地把它送给了铁皮樵夫，还说了一通感人的话，然后，铁皮樵夫洋洋自得地戴上了它，看到那么大的钻石在阳光下熠熠生辉，他简直乐坏了。

就在这时，他们听到了一片唧喳声和扇动翅膀的声音，那声音越来越近，蒂普惊叫道："是乌鸦回来了！如果它们发现了我们，它们在盛怒之下，肯定会杀死我们。""我也害怕这个！"杰克呻吟道，"我的死期到了！""我的死期也到了！"蟑螂说，"因为乌鸦是我们最大的天敌。"

其余的人一点都不害怕乌鸦们，但是稻草人陛下决定，一定要救这些很可能被盛怒的乌鸦杀死的朋友们。于是，他让蒂普把杰克的头摘下来，放在窝的最底层，之后，他又命令蟑螂躺在蒂普身边。铁皮樵夫把稻草人陛下的稻草拆散，盖在了蒂普和蟑螂的身上。

他们刚刚做完这些事，乌鸦们便飞了回来。当乌鸦看到自己的家里有人入侵时，气势汹汹地扑了过来。

尼基迪克医生的著名的希望之丸

铁皮樵夫虽然性情很好，但当他的朋友生命受到威胁时，当战斗无可避免时，他就会变得勇猛无比。所以，当乌鸦猛扑过来时，他抢起斧子，使劲地在头顶上挥舞着。

虽然铁皮樵夫用这种方法打走了不少乌鸦，可是它们的队伍太强大了，它们也特别勇敢，剩下的乌鸦猛烈地攻击着侵犯者。它们有的去啄怪头的眼睛，而怪头则无奈地挂在窝上边，幸好他的眼睛是用玻璃做的，所以没有受到伤害。还有一些乌鸦直朝木马冲去，木马仍然仰面朝天地躺着，就这样，他还用木腿踢跑了许多进攻者，和铁皮樵夫一样做得非常出色。

这些乌鸦发现它们受到了强烈的反抗，重又扑向稻草人陛下的稻草，这些稻草在窝中间，下面盖着蒂普、蟑螂和杰克的南瓜头，乌鸦们开始进攻稻草，它们衔着稻草，一把一把地将稻草丢到下边的深谷里去。

稻草人陛下惊慌地看看乌鸦们对他身体的破坏，急忙向铁皮樵夫呼救，铁皮樵夫又投入到新的战斗之中。他的斧子在乌鸦群中飞快地砍着，幸好怪头这时使劲地扇动起他身体左边剩下的两只翅膀，这两只大翅膀的振动，吓坏了乌鸦们，怪头拼命地让自己从挂着的岩石上摆脱出来，最后终于落到窝里，受惊的乌鸦知道他们很难对付，只好尖叫着飞到山那边去了。

当最后一个敌人消失之后，蒂普就从沙发底下爬了出来，蟑螂也跟着爬出来了。"我们得救了！"蒂普高兴地大叫。"是的，我们得救了！"受过高等教育的蟑螂答道，他高兴得紧紧地抱着怪头的脑袋，"而且，这一切都要归功于这东西的大翅膀，还有铁皮樵夫的尖利的斧子！"

"如果得救了，你们就把我拿出来吧！"杰克大叫着，因为他的头还在沙发底下放着呢。蒂普把南瓜头拿了出来，又把它安在了杰克的脖子上。蒂普还把木马扶了起来，对他说道："我们也非常地感谢你。"

"我们已经胜利了。"铁皮樵夫骄傲地说道。"不，还没有！"一个低沉的声音说道。听到这儿，大家都不约而同地转过头，惊讶地发现稻草人陛下的头，它正躺在窝的背面。"我完了！"稻草人陛下看到他们惊讶的样子，说道，"因为我身体里的稻草不知道哪里去了。"

这个可怕的问题使他们惊呆了。他们战战兢兢地朝窝里看了看，真的连一根稻草都没有了。乌鸦们把稻草一根不剩地叼走，并丢到窝下几百尺深的峡谷里去了。

"我那可怜的朋友啊！"铁皮樵夫拿着稻草人陛下的头，轻轻地抚摸着说道，"谁能想到啊，你怎么能落得如此悲惨的下一场呢？""我是为了救我的朋友们，"稻草人的头答道，"而且，我为我这样高尚和无私的死法而感到欣慰。"

"你们干吗要这么难过呢？"蟑螂问道，"稻草人陛下的衣服不是还在嘛。""是啊，"铁皮樵夫说，"可是没有材料，我们能怎么办呢？""我们可以用钱当材料啊。"蒂普说。"钱！"大家吃惊地齐声叫起来。

"当然，"蒂普说，"在这个窝的底层，不是有几千张钞票吗——两元的、五元的、十元的、二十元的、五十元的。这些材料能够做出十几个稻草人陛下。干嘛不用呢？"

铁皮樵夫开始在这堆东西里翻腾。他们不由感叹，他们以为没用的废纸，原来是各种钞票啊！这都是几年来，那些邪恶的乌鸦从人们居住的村庄和城市里偷来的。

在这个没人知道的窝里，居然有一大笔财富，他们挑出了所有最新、最干净的钞票，并把它们分门别类地放好。在征得稻草人陛下的同意后，他们在稻草人陛下的左腿和靴子里装满了五元一张的钞票，右腿里装满了十元一张的钞票，他的身体里更是装满了五十、一百、一千元一张的钞票，他的衣服几乎被塞满了。

当他们做完了这些以后，蟑螂深有感触地说道："你现在是我们这队人里最有钱的了；不过，你的朋友们都是很忠诚的，所以你不必担心我们会花你的钱。"

"谢谢你们，"稻草人陛下激动地答道，"我感到我又像一个新人了，虽然，我可能会被误认为是一个保险箱，不过，你们千万别忘了，我的脑袋仍然是由原来的材料构成的。那些才是最值钱的东西。"

“对了，我现在就有一件着急的事情，”蒂普说，“除非动用你的脑子，要不然的话，我们只能在这个‘家’里过我们的下半辈子了。”

“这些药丸有什么用途呢？”稻草人陛下问道，说完就从口袋里拿出了那个盒子，“我们怎么不用它来逃跑呢？”“除非我们会两个两个地数，数到十七，”铁皮樵夫说，“蟑螂朋友不是自称受过高等的教育吗？那么，他应该会数吧。”

“这不是一个教育问题，”蟑螂答道，“这只是一个数学问题。我看见过教授在黑板上演算过大量的习题，他说过，任何一个数字都能用 X'S 和 Y'S 和 A'S 以及像这样的符号来表示，然后再把它们集中到一起进行加、减、乘、除等等。但是我所存在的记忆中，他从来没讲过如何两个两个地数，数出奇数十七来。”“别做了！别做了！”杰克大声嚷道，“你把我的头弄疼了。”

“我的头也难受，”稻草人陛下说，“我觉得，你的数学仿佛一罐乱乱糟糟的腌菜——对于想得到的东西，越是渴望，最终反而会越得不到。我敢确定，假如这个问题能解决，那肯定是靠一种很容易的方法。”“就是，”蒂普说，“老莫比就不懂用 X'S 和减法，因为她从没接受过教育。”

“怎么不把它剖开两半来数呢？”木马忽然说道，“这样的话，无论是谁，都可以很容易地两个两个地数到十七了。”大家惊异地你看看我，我看看你，大家一直认为木马是他们中间最愚蠢的。“你让我感到非常羞愧。”稻草人陛下冲木马深深地鞠了一躬说道。

“没事，它说的是对的，”蟑螂说，“因为两个半个就是一，只要解决一的问题，那么再两个两个地数，数到十七就简单了。"

"我真纳闷，我怎么就没想到这一点呢？"杰克说。"我也没想到，"稻草人陛下说，"你其实和我们大家都一样，对吧？现在，让我们马上来实现第一个愿望吧。谁来吞第一粒药丸呢？""你来吞好吗？"蒂普说。"我不可以。"稻草人陛下说。"为什么不可以呢？你长着嘴呢，不是吗？"蒂普问。"是的，但是我的嘴是画上去的，它没办法吃东西，"稻草人陛下答道，"事实上我们这些人中，只有蒂普和蟑螂能吃东西。"

既然事实就是这样，蒂普说道："那么，我乐意承担第一个愿望。请把银药丸给我一粒。"稻草人陛下想拿一粒药丸给他，然而他戴着手套的手太不灵活了，怎么也拿不起那么小的东西，他不得不把盒子递给蒂普，蒂普挑了一粒，咽了下去。

"快数！"稻草人陛下喊道。"半个一，一，三，五，七，九，十一，十三，十五，十七！"蒂普数着。"现在，快把愿望说出来！"铁皮樵夫着急地说。

然而恰在这时，蒂普渐渐感到恐怖的疼痛，他吓坏了。"这颗药丸使我中毒了！"他大叫着，"哎——哟！噢——噢！哎哟！谋杀！热呀！哎哟！"他拼命地在鸟窝里打滚，大家都被吓坏了。

"我们能帮你做点什么？你快说呀，我求你了！"铁皮樵夫流下同情的泪水，对他说道。蒂普说："我……我不知道！哎哟！我真希望我没有吃下那颗药丸！"刚说完，疼痛立刻停止了，蒂普又站了起来，他看见稻草人陛下正惊奇地盯着胡椒盒子。

"发生什么事情了？"蒂普问道，他为自己刚才的所作所为感到有点不好意思。"咦，三颗药丸又都在盒子里了！"稻草人陛下说道。
"当然应该是三颗，"蟑螂说，"蒂普刚才不是希望他从来也没有吃过
那颗药丸吗？好了，愿望实现了，他确实没有吃下那一颗药丸。所
以，三颗药丸全在盒子里了。""也许是这样吧，不过，这药丸可让我
疼得厉害，反正都是一样的。"蒂普说。

"不可能一样！"蟑螂说，"如果你从来没吃下那颗药丸，它就不
会使你感到疼得厉害。而假如你的愿望实现了，就说明你并没有吃下
那颗药丸，现在很明显，你并没感到疼。""那可能是一种假设的疼
痛，"蒂普不高兴地说，"不信你自己试吃一颗，反正我们刚刚已经浪
费了一个愿望。""噢，不，我们没有浪费！"稻草人陛下反驳说，
"这盒子里仍然是三颗药丸，每颗药丸都能实现一个愿望。"

"现在，我已经被你们搞得头痛了，"蒂普说道，"我一点儿也不
清楚这到底是怎么回事。不过，我以后再也不吃其他的药丸了，我发
誓！"说完，他坐了下去。

"那好吧，"蟑螂说道，"现在让我这个高度放大的、受过完全教
育的来挽救大家吧，请让我吃一颗药丸吧！"他毫不犹豫地拿起一颗
药丸吞了下去，大家都站在一旁看着他，昆虫像蒂普刚才吃药丸时做
过的一样，两个两个地数到十七。但不知为什么，也许是蟑螂的肠胃
比蒂普的更强壮一些吧，那颗药丸并没有使他感到疼痛。

蟑螂慢慢地、用感人的语气说道："我希望怪头摔坏的翅膀能得
到修复，就像新的一样好！"说完，大家去看怪头，哇塞，怪头的翅
膀修复好了，这个愿望竟然真的实现了。怪头高兴地试了试他的翅
膀，他竟然又能在天空中飞翔，跟以前一样。

稻草人陛下求助于好心的格琳达

看到飞翔的怪头，稻草人陛下兴奋地大叫起来，"太棒了！现在，我们想什么时候离开这儿，就可以什么时候离开了。""但是天又要黑了，"铁皮樵夫说道，"我们最好等到天亮再离开，否则的话，再遇到麻烦可怎么办啊？我最不喜欢夜里旅行了，因为谁都想不到会发生什么事情。"

于是，这些冒险家们开始借助黄昏时微弱的光线，靠在乌鸦窝里寻找财宝消磨时光，他们决定等到天亮再离开。

蟑螂找到了一对金手镯，戴在他那细胳膊上正好。稻草人陛下非常喜欢戒指，这东西乌鸦窝里有的是。不一会儿，他就给每个手指上都找了一个合适的。他还不满意，于是他又给每个大拇指多戴了一个。他精心挑选的戒指上都带有发光的石头，如红宝石、紫水晶石、蓝宝石等，因此，现在稻草人陛下的手已经是金光闪闪的了。

"这个乌鸦窝对吉尤尔女王来说可是个好地方，"他幽默说，"因为据我所知，她和她的姑娘想战胜我，就是为了抢夺我城里的宝石。"

　　铁皮樵夫对他刚寻找到的钻石项链十分满意，所以他不想戴其他装饰品了；而蒂普找到了一块很好的金表，这块金表还带有一条漂亮的表链，蒂普非常满意地把它放在衣袋里。他还在杰克的红背心上别了几颗镶有宝石的胸针，给木马的脖子上系了一个长柄眼镜当作链子使用。"好漂亮！"木马赞许地说道，"这是做什么的呀？"然而，大家谁也不知道答案，因此，木马认为它是一件少有的装饰品，于是就更加喜欢它。

　　当然，大家也没有忘记怪头，他们给怪头的鹿角上戴上了几个大印章戒指，虽然怪头对这些并不感兴趣。很快，天就黑了，蒂普和蟑螂都去睡觉了，其他人坐下来耐心地等待天亮。

　　第二天天刚亮，就有成群结队的乌鸦飞来，它们要夺回属于自己的巢穴。

　　在乌鸦将要到达之前，大家迅速地爬进沙发座里，蒂普要求怪头赶紧出发。怪头立刻飞向空中，他的四个大翅膀有规律地上下扇动着。不一会儿，他们就远离了乌鸦窝，而这群啁啾不已的乌鸦重新回到了自己的窝，也就不打算再追赶怪头他们了。

　　怪头朝着北方，向飞来的方向飞去。至少，这是稻草人陛下的说法，其他人都相信稻草人陛下，认为他对方向的判断是最正确的。在飞过一些城市和村庄以后，怪头带他们飞到了一片平原的上空，下面的房子变得越来越稀少，到最后完全看不到了，他们已经飞到了将奥茨国与世界的其他部分隔开的大沙漠的上空，不到中午，他们看到了圆屋顶的房子，大家都认为，这就证明，他们又回到了自己的故乡。

　　"但这些房子和篱笆怎么是蓝色的？"铁皮樵夫说道，"这证明我们现在是在曼基肯国，而这里离好心的格琳达还远的很呢。"

"那我们现在该怎么办呢？"蒂普回头问他们的向导。"我也不清楚，"稻草人陛下说道，"假如我们在翡翠城，那我们只需要直接向南飞，就能到达目的地。但我们不敢到翡翠城去，现在怪头很可能是越飞越远了。"

"那么，蟑螂还得再吃一粒药丸，"蒂普下决心说道，"希望我们朝正确的方向飞行。""好吧，"高度放大的蟑螂回答，"为了大家，我完全乐意。"

但是，当稻草人陛下在衣袋里摸那个装着两粒药丸的胡椒盒时，他发现，宝贝盒子不见了。所有的旅行者都焦急地寻找起来，连座位的每个角落都找遍了，仍然没有那宝贝盒子的影子。怪头继续向前飞行，带着大家到他们不知道的地方飞去。

"我一定是把胡椒盒子丢在乌鸦窝里了。"最后稻草人陛下说道。"这可是太不幸了！"铁皮樵夫说，"不过，我们现在的处境并不比发现希望药丸之前更糟糕。""我们现在好多了，"蒂普说，"因为那颗药丸使我们逃出了那个可怕的乌鸦窝。"

"虽然如此，丢掉剩下的两粒也是糟糕的，我真该为自己的粗心大意受到责罚。"稻草人陛下后悔地说，"因为在我们这个不平常的团体中，随时都会发生各种意外，即使现在，我们也有可能会遇到新的危险。"没人否定这一点，大家都沉默地低着头。

怪头继续平稳地向前飞行。突然，蒂普吃惊地大叫起来。"我们一定是已经到了南方国，"他高兴地大叫道，"因为在我们的下方，一切都是红色的！"

所有的人马上爬到沙发背上向下望去——除了杰克，因为他害怕自己的南瓜脑袋从脖子上掉下去摔坏了。真的，下方全是红房子、红篱笆和红树，所有这一切都表明，他们已经到达好心的格琳达的国度；当他们在迅速地滑行时，铁皮樵夫认出了路边的道路和房屋，怪头在逐渐减速，他们很快就可以降落在那伟大女巫的宫殿前了。

"太好了！"稻草人陛下高兴地大叫着，"现在我们用不着那两颗药丸了，因为我们已经到达目的地了。"

怪头缓慢地往下降，最后，他们平稳地降落在格琳达漂亮的花园里，一片天鹅绒般绿绿的草坪上。草坪旁边有一个喷泉，它喷出的不是水，而是闪闪发光的宝石，那些宝石发出柔和而清脆的声音，落在大理石雕刻成的盆子里。

在好心的格琳达的花园里，所有东西都十分美丽。当我们的旅行者正在好奇地欣赏周围的景观时，一队女兵悄悄地向他们靠近，并将他们包围了起来。不过，这女巫的士兵与造反军吉尤尔的军队可是大不相同，她们都受过良好的训练，她们穿着整齐的军装，腰间佩带着剑和矛。

指挥这支军队的是格琳达的卫兵队长，她立刻认出了稻草人陛下和铁皮樵夫，于是尊敬地向他们致以问候。"你好！"稻草人陛下礼貌地摘下帽子，铁皮樵夫却敬了个士兵礼，"我们来谒见你们美丽的好心的统治者。""格琳达现在正在宫殿里恭候你们，"卫兵队长说，"在你们到达之前，她就已经知道你们要来这儿，让我们过来迎接呢。"

"这也太奇怪了！"蒂普惊奇地说。"一点儿也不奇怪，"稻草人陛下回答，"因为好心的格琳达是个能干的女巫，奥茨国发生的任何事情，都逃不过她的眼睛。我想，她也已经知道，我们为什么会到这里来了。"

"那我们到这儿来还有什么用呀？"杰克傻呼呼地问道。"来证明你是一个杰克呀！"稻草人陛下跟杰克开起玩笑来，接着他说，"既然现在女巫在等着我们，我们就不能让她久等了。"于是，大家都爬出沙发座，跟着卫兵队长向宫殿走去——连木马也加进这奇怪的行列里。

格琳达坐在她那用金子做成的宝座上，当这些不平常的访问者走进来向她鞠躬时，她感到很有趣。她之前就认识稻草人陛下和铁皮樵夫，而且很喜欢他们；但笨拙的杰克和高度放大的蟑螂，她以前并未见过，而且他们看上去比其他人更古怪。至于木马，他不过是个活的、结实的木头马，他鞠躬时是那么生硬，以至于使自己的头"砰！砰！"地撞在地上，引得士兵们哈哈大笑，格琳达也忍不住大笑起来。

"我向尊敬的殿下报告，"稻草人陛下开始用庄严的声音说道，"我的翡翠城被一群带着织针的无礼的姑娘们抢走了，而且她们奴役所有的男人，肆意抢夺街道及公共建筑物上的宝石，甚至还夺走了我的宝座。"这些我已经知道了。"格琳达说。

"她们还威胁说，要杀死我和你现在所看见的，在你面前的这些好朋友。"稻草人陛下接着说，"假如我们没有逃出她们的魔掌，我们一定早就完蛋了。"这我也知道了。"格琳达说。

"因此，我们特来向你求助，"稻草人陛下说，"因为你总是愿意帮助遭到不幸的和被压迫的人。"是这样的，"女巫慢慢地答道，"但是，现在翡翠城是在吉尤尔将军的统治下，她自称是女王，我有什么权力去反对她呢？""啊，但那是她从我这儿把宝座夺走的。"稻草人陛下说道。

"那你之前又是怎样得到宝座的呢？"格琳达问。"我是从奥茨巫师那里得到的，是由人民选的呀。"稻草人陛下不安地回答。

"那么巫师又是从哪得到宝座的呢？"格琳达继续严肃地问。"我听说他是从以前的国王帕斯托里尔那里得到的。"稻草人陛下回答，他对格琳达那认真的表情感到疑惑不解。

"这么说，"格琳达说，"翡翠城的宝座既不属于你，也不属于吉尤尔，而应属于国王帕斯托里尔了。""的确如此，"稻草人陛下谦卑地承认道，"但是现在帕斯托里尔已经死了，总得有人来管理他的地方吧。"

"是这样的，帕斯托里尔还有一个女儿，而她才是翡翠城宝座的合法继承人。这些你知道吗？"格琳达问。"我不知道，"稻草人陛下答道，"如果那姑娘现在还活着，我不会阻止她的。只要吉尤尔这个造反者能被赶走，我就同重获宝座一样满意了。事实上，我觉得当国王并不好玩，但这姑娘在哪里呢？她的名字叫什么？""她的名字叫奥茨玛，"格琳达说，"不过，她现在在哪里那得问老莫比了。"

"啊！真的？为什么呀？"蟑螂问道。"我们知道，巫师教给了那个老太婆许多魔法，"格琳达说，"如果她不帮巫师干点什么的话，他是不会教她的。因此，我们有理由怀疑是老莫比帮着巫师把奥茨玛藏起来了，只有她才是翡翠城宝座的合法继承人，对那些掠夺者来说也是一个非常大的威胁。只要人民知道奥茨玛还活着，他们一定会立刻让她当女王，恢复她应得的权力。”

　　“说的对！”稻草人陛下大叫着，“我相信，老莫比参与了这个卑鄙的勾当。但知道这些对我们有什么用呢？”“我们必须要找到老莫比，”格琳达说，“然后逼迫她告诉我们，奥茨玛姑娘被藏在哪里了。”

　　“现在莫比同吉尤尔女王一起在翡翠城，”蒂普说，“就是她给我们设下了许多障碍，还让吉尤尔威胁说要毁了我的朋友，甚至把我送到那个老巫婆手里。”“那么，”格琳达下决心说，“我要带上我的军队赶到翡翠城去，把老莫比给抓起来。然后，我们就可以强迫她说出奥茨玛的情况来。”

　　蒂普一想起莫比的黑壶，他就禁不住打了个寒战。他告诉格琳达，莫比是一个十分倔强又可怕的老太婆。“格琳达温和地笑着说，她一点儿也不怕莫比，她也很倔强，她把一切准备好后，第二天就可以向翡翠城进军。

铁皮樵夫摘了一朵玫瑰花

天刚亮，格琳达的军队就在宫殿门前集合起来，女兵们穿着灰色的军装，她们的银矛都在长长的柄上镶着珍珠，闪闪发光，她们个个雄纠纠、气昂昂的，好看极了。所有的军官都佩带着锋利的宝剑和盾，盾的边缘插着孔雀毛。相信没有任何敌人能够战胜这样整齐的、庄严的军队。

女巫坐着一顶美丽的轿子，轿子如马车的车身一般，有挂着绸帘的门和窗子，但它没有马车的轮子，所以不能自由行驶。轿子上有两根长长的、平行的杆子，由十二个仆人扛在肩上行进。

稻草人陛下和他的同伴为了能赶上军队，决定乘着怪头飞翔。怪头在女巫坐的轿子上方缓缓地飞着。

"小心点！千万别掉下去！"铁皮樵夫对稻草人陛下说，因为稻草人为了看下边的军队，把半个身子都探出去了。

"没事的，"受过教育的蟑螂说道，"既然他身体里装的都是钱，那就不会摔坏的。""我没有说你——"蒂普用责备的语气说道。"你说过的！"蟑螂立刻答道，"请你原谅，我真的很愿意克制自己。"
"你这样就可以了。"蒂普说。"唉！现在我可不能和你们分开了。"
蟑螂很有感情地说道，因此，蒂普也好意思再说什么了。

　　队伍整齐地前进，他们还没有到达翡翠城，天就黑了。借着淡淡的月光，格琳达的军队悄悄地包围了翡翠城，他们把鲜红的绸帐篷扎在草地上。格琳达的帐篷比别人的都大，是用纯白的丝绸制作的，上边飘着鲜红的旗子。他们还为稻草人陛下一伙搭了一个帐篷，一切都准备就序以后，整个队伍就迅速地休息了。

　　第二天早上，当士兵惊慌地将情况报告吉尤尔时，她感到非常惊讶，她爬上塔顶，看到了四面的旗帜及格琳达的大白帐篷。

　　"这下我们一定完蛋了！"吉尤尔沮丧地说道，"我们的织针如何能战胜敌人的长矛及可怕的短剑呢？""现在最好的办法是，"一个姑娘说道，"在还未有伤亡之前赶紧投降。""不可以这样，"吉尤尔果断地说道，"敌人还在墙外，现在我们靠与她们谈判来争取时间。你去，拿一面白旗到格琳达那儿，问她为什么要进犯我的领地，她的条件是什么。"

　　于是，那姑娘拿着一面白旗，表示她是和平使者，来到格琳达的帐篷前。"告诉你的女王，"女巫对那姑娘说道，"让她把老莫比交给我，作为我们的囚犯。这样的话，我就不再妨碍她了。"

　　当吉尤尔女王听到这个答案，她非常惊慌，因为老莫比是她的主要顾问，而且，她十分害怕这个老妖婆。但她还是把老莫比叫来了，告诉了她格琳达所说的话。

　　"我在你们之前就看到了麻烦，"那老巫婆从兜里拿出一块魔镜看了看，说道，"不过，我们可以骗过这个女巫，然后逃跑，当然这需要比她更聪明的方法。"

"把你交给她，我不就安全了吗？"吉尤尔紧张地问。"如果你这样做了，那你就会丢掉翡翠城的宝座！"巫婆肯定地说，"但是，假如你按我说的做，我就能很容易地救出咱们俩。""那就按你的意愿去做吧，"吉尤尔答道，"当女王多好呀，我可是不想再回家去帮妈妈整理床铺和洗盘碟了。"

于是，莫比把吉丽亚·詹姆叫来，念了一段女王很熟悉的咒语，结果，吉丽亚变成了莫比的模样，莫比变成了吉丽亚的样子，她看起来那么像，任谁也很难猜出这是个假的。

"现在，"老莫比对女王说，"让你的士兵把这个姑娘给格琳达送去吧。她以为这就是真的莫比，就会马上带着这个姑娘回到她南边的国度去了。"吉丽亚摇摇晃晃得像个老太婆，被带出大门，送到格琳达的帐篷。

"这就是你想要的那个人，"一个卫兵说道，"我们的女王希望你能说话算话，尽快离开这里，让我们享受和平。""我当然会离开，"格琳达很高兴地说道，"如果她真的是那个人的话。""这个人当然是老莫比。"卫兵回答。

格琳达立刻把稻草人陛下与他的朋友们叫到她的白色大帐篷，他们盘问这个假莫比，那个失踪了的女子奥茨玛去哪里了。但是，吉丽亚一点儿不清楚，现在，在这样的盘问下，她越来越紧张，最后，她实在受不了了，就哭了起来，这使格琳达感到十分奇怪。

"居然和我耍花招！"女巫说道，眼里闪着愤怒的光。"这个人根本就不是莫比,这是别的人变成她的样子!告诉我,"她转过身去问这个假莫比,"你是谁?"吉丽亚不敢说出实情,因为老巫婆吓唬她,只要说了实话就会杀死她。

格琳达虽然平时很温和、公正,但她比奥茨国的任何人都更会魔法。所以,她只是念了几句咒语,做了一个奇怪的手势,这个姑娘就变回了她原来的样子,同时,远在吉尤尔宫殿的老莫比,突然恢复了她那丑陋的样子。

"啊,这不是吉丽亚·詹姆吗!"稻草人陛下大喊道,他认出这是他的一个老朋友。"她是我们的翻译!"杰克高兴地说道。

吉丽亚被迫说出了老莫比的诡计,她还请求格琳达保护她,格琳达高兴地答应了。可格琳达现在真的愤怒了,她让人告诉吉尤尔,骗局已经被揭穿,她现在必须把真的莫比立刻送来,否则,就要发生可怕的事情。吉尤尔对此已经有所准备,因为老巫婆恢复了本来面目,就说明格琳达已经识破了她的诡计。这个可恶的老家伙又想出了一个新的骗局,让吉尤尔去执行。于是,女王对格琳达的信使说道:"告诉你的主人,我到处都找不到莫比,我很欢迎她进城,自己寻找这个老太婆。如果她愿意,还可以带着她的朋友们,但如果太阳落山时她还找不到莫比,她就必须离开,从此别再来打扰我们。"

格琳达答应了,因为她知道,莫比就在城里的某处藏着。于是,吉尤尔命令打开城门,格琳达走在一队士兵的前面,后面跟着稻草人陛下与铁皮樵夫,杰克骑在木马上,受过教育的、高度放大的蟑螂,一脸庄严地跟在后面。蒂普跟在女巫旁边,因为格琳达非常喜欢这个蒂普。

　　老莫比为了不被格琳达找到，把自己变成了一朵红玫瑰，开在宫殿花园里的一丛灌木上。格琳达实在想不到，他们找了好几个小时也没找到老莫比。

　　太阳快落山的时候，格琳达感到她被那个非常狡猾的老巫婆欺骗了，于是，她命令人撤出城，回到帐篷里去。

　　这时，稻草人陛下与他的朋友们正在宫殿花园里寻找，铁皮樵夫非常喜欢花，就在他们失望地要离开花园之际，他忽然看到灌木丛里有一朵又大又红的玫瑰，他特别喜欢，就顺手把这朵花摘了下来，并牢牢地系在了自己胸前的扣眼里。在他做这些时，他隐隐听到玫瑰花里发出一声低低的呻吟，但是他根本没在意，老莫比就这样被大家带出了城。

老莫比的变身法

当老巫婆发现自己被对方抓住后，开始时非常害怕，但是，不久她就发现，自己躲在铁皮樵夫的扣眼里，跟在灌木丛上一样安全，因为没有人知道玫瑰花是她变的。再说，她现在已经出了城门，她从格琳达这里逃走远比在城里更简单。"不过，不用着急，"莫比想，"我要再等一会儿，我要看看这个女巫发现我比她强时羞愧的模样。"

所以，整整一个晚上，那朵玫瑰花都安静地躺在铁皮樵夫的扣子上。第二天早上，当格琳达叫大家去商量对策时，铁皮樵夫随身带着他美丽的玫瑰走进了白绸帐篷。

"因为某些原因，"格琳达说道，"我们没能抓到狡猾的老莫比，所以，恐怕我们的远征将以失败而告终。现在，我感到十分难过，因为如果没有我们的帮助，恐怕小奥茨玛永远也回不到属于她的翡翠城女王的宝座上了。""我们不可以就这样地走了。"杰克说，"我们还应该再做点别的什么。"

"是的，我们还应该再做点别的什么，"格琳达微笑着说道，"但是，我还是不明白，我怎么就这么轻易地让那个老巫婆赢了呢，本来她掌握的魔法远远不如我呀。"

"我觉得我们应该先为奥茨玛公主夺回翡翠城，然后再去找她，"稻草人陛下说，"在那姑娘没找到之前，我愿意替她管理翡翠城，因为我比吉尤尔更会管理国家。""但我已经答应不再打扰吉尤尔了呀！"格琳达说道。

"那么，大家跟我一起到我的帝国去，怎么样？"铁皮樵夫说道，并有礼貌地挥手画了一个大圈，把大家都包括在内。"我非常高兴在我的城堡里招待你们，那里有的是房间。如果你们谁想镀镍的话，我的仆人可以给他免费优待。"

铁皮樵夫说话时，格琳达注意到他扣眼上的玫瑰花，而且，她发现那朵大红玫瑰花瓣正在微微发抖。这一点立刻引起了她的怀疑，她又不动声色地观察了一会儿，断定了这朵玫瑰花就是老莫比变的。与此同时，老莫比也意识到自己已经被发现了，必须想办法尽快逃走，否则后果不堪设想。变个样子对她来说比较容易，于是，她立刻变成个影子，顺着墙向帐篷口溜去，打算就这样不声不响地逃出去。

格琳达不但聪明，而且比那老巫婆更有经验。因此，格琳达在影子到达之前赶到了门口，挥手把门关上了，老莫比想逃出去，却根本找不到一条足够宽的缝隙。稻草人陛下和他的朋友们对格琳达的行为感到非常疑惑，因为他们谁都看不见那个影子。女巫对他们说道："大家保持安静，老巫婆现在就在我们这个帐篷里，我要抓住她。"

老莫比听了格琳达的话大吃一惊，她赶紧把自己从一个影子变成了一只黑蚂蚁，然后就在地上慢慢地爬着，打算找个裂缝把自己的小身体藏进去。

恰巧，格琳达的帐篷搭建在城门前，这里的地面又硬又平，黑蚂蚁很难找到一个藏身之处。黑蚂蚁四处寻找裂缝时，格琳达发现了它，她立刻跑过去捉它。这时，老巫婆使出了最后一招，变成了一只鹰头狮身的大怪兽，把帐篷上的绸子撕破了一大块，尽力冲出帐篷，然后，以旋风般的速度跑了出去。

格琳达毫不迟疑地追了出去。她一下跳到木马背上，对木马说道："现在，是你证明自己有权活下去的时候了！跑——跑——跑！"木马奋力张开四蹄，如一道闪电般跑了出去，他紧紧追赶着那只怪兽，跑得非常迅猛，在大家还没来得及弄明白怎么回事时，那只怪兽和木马就已经跑得无影无踪了。

"快！我们也去追！"稻草人陛下喊道。他们跑到怪头停的地方，赶快都爬了进去。"起飞！"蒂普大叫道。"去哪儿?"怪头平静地问道。"我也不知道，"蒂普说，他生怕延迟了，非常着急，"你赶紧飞到空中，我们看看格琳达往哪边去了。""好吧。"怪头慢吞吞地答道，然后，他一展翅膀就飞上了高高的空中。

在远远飞越过草地之后，他们看到下面有两个小黑点，一个追赶着另一个，他们知道，这两个黑点一定就是老巫婆和格琳达，蒂普命令怪头尽快追上老巫婆和格琳达。可是，尽管怪头飞得非常快，仍然追不上巫婆他们。不一会儿，巫婆他们就从灰蒙蒙的地平线上消失了。"没关系的，我们继续跟着他们，"稻草人陛下说道，"因为奥茨国土只是一小片，他们早晚会跑到头的。"

老莫比对于自己变成一只鹰头狮身的怪兽感到很是得意，怪兽的腿非常敏捷，而且，比其他任何动物都更有耐力。可她不知道木马有不知疲倦的精力，他的木腿可以毫不减速地连续跑许多天。总之，经过一个多小时的飞速奔跑，怪兽已经上气不接下气了，速度比之前慢了很多。这时，怪兽跑到了沙漠边上，开始翻越沙漠，可是她的腿刚刚走进沙漠，就深深地陷了进去，她奋力挣扎，却无济于事，最后，栽倒在荒沙中。

　　格琳达骑着精力旺盛的木马很快就赶到了，她从腰带上解下一根金线扔过去，套到了那仍在喘着粗气，毫无气力的怪兽头上，这样，格琳达就战胜了擅用魔法的老莫比。老莫比恢复了她本来的模样，恶狠狠地瞪着格琳达，恨不得把她吃进肚子里去。

奥茨的奥茨玛公主

　　看到老莫比的目光，格琳达没有一丝退缩，她告诉老莫比，即使她再挣扎也是没有用的。休息一会儿，她就会被带到帐篷里去。

　　"你找我干吗？"老莫比问道。她仍然有些喘不过气来，"我和你有什么仇，你要这么跟我作对？"我和你没什么仇，"格琳达平静地答道，"但是，我怀疑你做过几件罪大恶极的事，如果我发现你滥用你的魔法，我就要严厉地惩罚你。""我抗议！"那老家伙大喊道，"你不敢碰我！"

　　就在这时，怪头飞到了，他降落在沙漠上。大家非常高兴，因为他们看到莫比总算被抓住了。经过匆忙的协商之后，他们决定，大家一起骑着怪头回帐篷去。于是，木马被搬进沙发，格琳达也进去了，她手里紧紧攥着缠住莫比脖子的金线，强迫她也爬进沙发里去，其他人都跟着爬了进去。蒂普命令怪头往回飞去。怪头平稳地飞行着，莫比郁闷地、闷闷不乐地坐在座位上，只要那条金线缠着她的脖子，她就不能再施展她的魔法了。

　　军队为格琳达的凯旋而大声欢呼着。怪头降落后，帐篷已经修好了，这群朋友又聚集在格琳达的帐篷中。"现在，"格琳达对老莫比说道，"你必须说出，奥茨大巫师为什么到你那里去了三次，奥茨玛那孩子怎么样了，她为什么奇怪地消失了。"老巫婆倔强地看着格琳达，一言不发。

　　"赶快回答我的问题！"格琳达说。莫比仍然沉默着。

　　"她也许真不知道。"南瓜人说道。"我请你保持安静，"蒂普说，"你这么愚蠢，会把任何事都搞砸了。""好吧，亲爱的父亲！"杰克顺从地答道。"我为自己是蟑螂而感到高兴！"高度放大的昆虫温和地说道，"谁会指望从南瓜里流出智慧呢。"

　　"不要吵了，"稻草人陛下说，"我们如何才能让老莫比说话呢？如果她不肯告诉我们奥茨玛公主在哪里，那我们抓住她又有什么用呢？""要不我们试着用好心来感化她吧，"铁皮樵夫说，"我听人家说，好心能战胜任何人，不管他们有多可恶。"听到这里，老巫婆转过头去，恶狠狠地瞪了铁皮樵夫一眼，他羞愧地退了回去。

　　格琳达仔细想了想，然后，她转向莫比说道："我告诉你，你如果不回答我们，那你什么也得不到。因为我已下定决心，一定要弄清楚奥茨玛姑娘的下落，除非你把事情都告诉我们，否则，我一定会处死你。""啊，不要！不可以那么做！"铁皮樵夫大叫着，"杀死任何人都是可怕的，即使是老莫比！"

　　"我这只是吓唬吓唬她，"格琳达说，"我不会真的处死她的，因为我相信，她会告诉我们实话的。""噢，我明白了！"铁皮樵夫松了一口气。

"假如我把我所知道的一切都告诉你们，"老莫比突然说话了，反倒把大家吓了一跳，"你们会怎么对我呢？""如果你告诉我们，"格琳达说，"我只要你喝一种很神奇的药水，它可以使你忘掉你学过的一切魔法。""那我岂不成了一个没用的老太婆了？"

"可你还是能活下去呀。"杰克安慰她道。"请保持安静！"蒂普紧张地对他说。"我一定做到，"南瓜人说，"不过，你总得承认，能活下去总是件好事吧。""是啊，特别是对于一个受过完全教育的人来说。"蟑螂赞同地说道。

"两条路给你自己选择，"格琳达对老莫比说，"或者保持沉默而被处死，或者把一切都告诉我，放弃你学过的一切魔法。不过，我想你是愿意活下去的。"老莫比不安地看了格琳达一眼，发现她态度非常认真，并没有开玩笑的意思。于是，她慢慢地答道："我愿意告诉你一切。""这也是我希望的，"格琳达高兴地说，"你选择了一条正确的路，我向你保证。"

于是，格琳达叫一个军官给她拿来一个非常好看的金色的小匣子。格琳达打开匣子，从里面拿出一颗很漂亮的白珍珠，还带有一条小链子，她把链子戴在脖子上，珍珠垂在胸前，正好位于她的心脏那儿。

"现在，"她说，"回答我第一个问题：巫师为什么去你那里三次？""因为我不到他那里去。"老莫比答道。

"这不是答案，"格琳达严厉地说道，"必须告诉我事情的真相。""好吧，"老莫比低头说道，"他到我那里去，是为了向我学习做甜饼干。""抬起头来！"格琳达命令道。老莫比抬起头望着格琳达。

"这个珠子是什么颜色?"格琳达问。"怎么——它是黑色的呀!"老巫婆奇怪地回答。"那也就是说,你刚说的都是假话!"格琳达气愤地说道,"只有说了真话,我的魔珠才是纯白色的。"老莫比现在明白了,想欺骗格琳达是不可能的。她只好皱着眉头认输,回答道:"巫师把奥茨玛姑娘带到我那里,她那时还是个婴儿,他让我把孩子藏起来。"

"我一猜就是这样的,"格琳达平静地说道,"你为他这样做,他给了你什么好处呢?""他把自己知道的魔法全部教给了我。有些魔法是真的,有些却是假的。但是,我一直遵守自己的诺言。"

"你是怎么处置那孩子的?"格琳达问,所有的人都竖起耳朵认真地听着。"我用魔法迷惑了她。"老莫比答道。"用什么方法?"格琳达问。"我把她变成,变成——"老莫比嗫嚅着。"变成什么了?"格琳达问,巫婆还在犹豫。"变成一个男孩!"莫比用极低的声音回答。

"蒂普!"大家都忍不住叫了起来,因为他们都知道,这个巫婆养育蒂普是从婴儿时就开始的,所有的目光都转向蒂普站的地方。

"是的,"老巫婆点点头答道,"这就是奥茨玛公主——巫师把这孩子给我,他偷走了她父亲的宝座。这才是翡翠城合法的统治者!"她那瘦长的手指直直地指着蒂普。"我?"蒂普难以接受地大叫道,"怎么可能? 我不是奥茨玛公主——我不是女孩!"

格琳达温和地笑着走过去,把蒂普的棕色小手放在她自己白白的手里。"你现在还不是个女孩,"她和蔼地说,"因为老莫比把你变成了一个男孩子。可你本是个女孩，还是个公主，所以，你应该恢复你的本来模样，那样的话你就能成为翡翠城的女王了。"

"啊，还是让吉尤尔当女王吧！"蒂普急得都快哭了，"我还想当原来的蒂普，和稻草人陛下、铁皮樵夫、蟑螂、杰克，对了！还有我的朋友木马和怪头一起去旅行呢！我不想变成个女孩！"

"没关系的，老朋友，"铁皮樵夫安慰他说，"我听说，当女孩也很好，我们大家照样是你的忠实的朋友。而且，实话对你说，我总认为女孩比男孩更好些。"

"不管怎么样，男孩女孩都好。"稻草人陛下充满深情地拍着蒂普的头说道。"男孩女孩同样是好学生，"蟑螂说道，"我仍然愿意当你的教师，当你变成女孩以后。"

"但是，"杰克喘口气说道，"假如你变成女孩，你就不再是我的敬爱的父亲了！""不，"蒂普虽然发愁，也破颜笑了，"我不想逃避这个亲戚关系。"

然后，他对格琳达犹豫地说道："我不妨试试看吧，看看那是什么样。但如果我不愿意当女孩，你要答应再把我变成蒂普。""我真的办不到。"格琳达说，"那可超出了我的魔法范围。我从来不搞什么变形术，因为那是不诚实的。受人尊敬的女巫，从来不会干那种使事物失去它本来面目的事情，只有那些不讲道德的巫婆才干这种事。现在，我要叫老莫比把你从她的魔法中解救出来，恢复你的本来面目。这将是她最后一次使用她的魔法了。"

现在，奥茨玛公主的事情已经水落石出了，老莫比对于蒂普是男是女并不在乎，可她怕格琳达生气，男孩子答应，当老莫比老了的时候，他将供养她。因此，巫婆才同意施展变形术，准备工作很快就做完了。

格琳达下令把她的睡椅摆在帐篷中间，上面铺着厚厚的玫瑰色绸垫子，金色的围栏上垂挂着许多层粉红色的薄纱，把里面的睡椅都挡住了。

巫婆首先让蒂普喝了一服药，他立刻沉沉地睡去。然后，铁皮樵夫和蟑螂把他慢慢抱起，放在柔软的绸垫子上，又用薄纱把他挡好。巫婆坐在地上，从怀里取出一些干草药，点了一个小火堆。当火烧旺时，老莫比往火苗上撒了一把魔粉，魔粉立刻散发出一股强大的烟雾，整个帐篷里都散发着它的香气，木马忍不住打了个喷嚏——虽然他知道应当保持安静。

这时其他人都好奇地看着老莫比，她唱了句有节奏的诗，大家都听不懂她唱的是什么，然后，她那瘦身子又在火上忽前忽后地弯了七次。现在，她的魔法看来是完成了，因为她站直了身子，叫了声"唷哇！"烟雾散了，空气又恢复了它的清爽；睡椅的粉红围帐在轻轻地颤抖，好像谁在里面摇动它似的。

格琳达走到睡椅前，分开垂挂的薄纱。然后弯下腰，伸出手去，这时，从睡椅上站起来一个小姑娘，她好比五月的清晨，是那样的清新、美丽。她的眼睛像两颗钻石，她的嘴唇像红宝石，她金黄色的发辫在背后一甩一甩的，头上还戴着一个束发用的细宝石圈。她的绸纱外衣好似天上的云彩飘在她的周围，脚上还穿着一双精致的缎子拖鞋。

看到这个绝妙的美人，蒂普的老朋友们直直地盯着她，足足有一分钟，然后，他们都低下了头，向可爱的奥茨玛公主致敬。姑娘看了一眼格琳达因兴奋而容光焕发的笑脸，然后转向其他人。她用和悦而谦虚的音调说，她希望朋友们还能够像以前一样对她，她还是原来的那个蒂普。

满足的富有

巫婆老莫比被抓了；她向格琳达承认了自己的罪行；那个长期失踪的奥茨玛公主也找到了，而且不是别人，正是男孩子蒂普。当这一个个消息传到吉尤尔将军的耳朵里时，她流出了痛苦而失望的泪水。"请想一想，"她呻吟道，"当过女王，住过富丽宫殿，现在，让我重新回去擦地板、搅黄油！想起来真是太可怕了！我永远也不会同意的！"因此，当那些整天在宫殿厨房里做软糖的士兵劝她反抗时，她居然接受了她们那些愚蠢的建议，向好心的格琳达和奥茨玛公主送去了尖锐的拒绝令。

只有宣战了。第二天，格琳达率领部队向翡翠城进发了，这支勇敢的队伍整齐地行进着，战旗飘扬，战鼓咚咚，长矛在阳光下闪闪发光。可是，当他们来到城墙边时，这支勇敢的队伍突然停住了，因为吉尤尔关闭了所有的城门和通道。

翡翠城的城墙又高又厚，是用许多绿色大理石砌成的。看到前进的队伍受阻，格琳达皱着眉头深思着，这时，蟑螂用很自信的声调说道："我们必须把翡翠城包围起来，饿得她们非投降不可。这是我们唯一能做的事。""不用如此，"稻草人陛下说，"我们还有怪头，他可以飞的啊。"

听到这番话，格琳达迅速转过头来，脸上露出明朗的笑容。"你说得非常对，"她说，"你真该为你的脑子感到骄傲。我们现在就到怪头那里去。"于是，他们穿过队伍，来到稻草人陛下的帐篷旁边，怪头就停在那里。格琳达和奥茨玛公主最先爬进去，坐在沙发上。接下来，稻草人陛下同他的朋友们都爬了进去，他们还留出了位置让一个军官和三个士兵也爬了进去。

在公主的命令下，怪头扇动起它的棕叶翅膀，飞向空中，带着这群冒险家高高飞过城墙，在宫殿上空盘旋着。他们很快就发现，吉尤尔正斜靠在院子里的一把帆布椅子上，一边读一本绿皮的小说，一边在吃绿色的巧克力。她相信，厚厚的城墙足以保护她不受敌人的攻击。就在这时，怪头从天而降，稳稳地停在这个院子里，吉尤尔连喊叫一声的时间都没有，就被军官和三个士兵抓住了。吉尤尔女王就这样成了囚犯，一副坚实的手铐锁住她的双手。

战争很快结束了，因为造反军一听说吉尤尔被抓，立刻就投降了。那位军官打开城门，乐队奏起了最激昂的乐曲。传令官向全城的居民宣布：放肆的吉尤尔被征服了，美丽的奥茨玛公主取得了她应得的宝座。翡翠城的男人们立刻扔掉了他们的围裙，女人们也为吉尤尔的失败而雀跃，因为她们已经吃够丈夫们做的难吃的饭菜了。她们立刻跑进厨房，为疲惫的丈夫准备了丰盛的饭菜，每个家庭都是一派祥和的景象。

　　奥茨玛登基后的第一件事就是命令吉尤尔的造反军把她们从街道和公共建筑物上偷走的珍珠、宝石全部还回来。这些贪婪的姑娘们拿走的珍宝实在是太多了，以至于皇家珠宝匠们连续干了一个多月，才把它们全部安回原来的位置。同时，造反军也被解散了，姑娘们都被送回她们的母亲身边。吉尤尔只要保证今后安分守己，大概也会被释放回家的。

　　奥茨玛成了翡翠城有史以来最好的女王，尽管她年轻、没有经验，但她用智慧与公正来管理着她的人民，人民都拥护她。因为好心的格琳达在各方面都给了她适合的忠告；蟑螂担任了重要的公共教育家的工作，他给了奥茨玛很大的帮助。

　　奥茨玛姑娘非常感激怪头，她答应酬谢怪头任何他想要的东西。"那么，"怪头答道，"请把我拆了吧，我不喜欢成为活的，我为现在这个怪样子感到害羞。从前，我是森林之王，我的鹿角可以证明。可现在这个用沙发做成的怪样子，使我只能在天上飞，我的腿反而一点用处都没有。所以，我请您把我拆了吧。"

　　于是，奥茨玛公主下令把怪头拆了。那有鹿角的头又挂到了大厅里的壁炉台上，沙发被打开，放到接待室里，扫帚尾巴还是去从事它在厨房里的工作，最后，稻草人陛下把所有的晾衣绳及粗绳都放回了它们原来的地方。

　　你一定以为怪头的生命从此完结了吧？作为一个飞行工具他的确是完结了，可是，挂在壁炉台上的头，却是随时可以说话的，他的突然提问，常常会把在大厅里等候女王接见的人吓一大跳。

　　木马成了奥茨玛的私人财产，得到了悉心的照料。奥茨玛经常骑着这个怪物，在翡翠城的街道上悠闲地视察民情。她把他的木腿上包上了金子，以防止他走坏了。他的金鞋子在路上不断发出的叮叮当当的声音，使女王的臣民感到畏惧，因为他们认为这是魔力的证据。

"伟大的巫师可没有我们的奥茨玛女王能干，"人们私底下悄悄地议论，"因为他宣布了许多他自己也做不到的事，可我们的新女王却做了许多谁也没想到她能做的事。"

南瓜人一直跟着奥茨玛活到他的末日，他并没有像自己担心的那样立刻就坏了，不过，他仍然很笨。蟑螂曾尽力教他一些科学知识，可杰克是个非常糟糕的学生，教育在他身上根本不起什么作用。

格琳达的军队离开以后，翡翠城又恢复了往日的平静。铁皮樵夫说，他想回到他的温基斯国去了。"虽然那不是一个很大的王国，"他对奥茨玛说，"但是正因为如此，它管理起来更容易一些；在那里我是绝对的君主，没有任何人能干涉我想做的事情。我回去以后，我打算做一套新的镀镍外衣，因为最近我的外衣有些地方已经坏了。如果以后你能去访问我的话，我会非常高兴的。"

"非常感谢，"奥茨玛答道，"我接受你的邀请。但是，稻草人陛下怎么办呢？""我想和我的朋友铁皮樵夫一起回去。"稻草人陛下一本正经地说道，"而且我们已经决定，永远也不分开了。"

"我已经让稻草人陛下做我的皇家财务主管了，"铁皮樵夫答道，"因为我觉得，让一个由钱做成的人来当皇家财务主管，真的再合适不过了，你认为如何？""我想，"奥茨玛女王笑道，"你的朋友将是世界上最富有的人。"

"我是最富有的人，"稻草人陛下说，"但是并不是指的钱，因为我认为大脑远比钱更重要。不管如何，你可能已经注意到，如果一个人有很多钱而没有大脑，那么他一定不可能把钱用好用对；可是，如果一个人有大脑却没有钱，大脑却能使他舒服地度过自己的一生。"

"是啊，"铁皮樵夫说道，"但是你必须承认，大脑并不能创造出一颗善良的心，而金钱也买不到。我有一颗善良的心，也许我才是世界上最富有的人。"

奥茨玛含笑告诉她的朋友们，因为他们拥有聪明的大脑和金子般的心，并满足自己的所有，比拥有金钱更可贵，他们才是真正的富有的人。